힘내라
청춘

힘내라 청춘

1판 1쇄 발행 2011년 6월 20일
2판 1쇄 발행 2012년 4월 4일
3판 2쇄 발행 2019년 9월 30일

지은이 법륜
펴낸이 김정숙

펴낸곳 정토출판
등록 1996년 5월 17일(제22-1008호)

주소 06653 서울시 서초구 효령로 51길 7(서초3동)
전화 02-587-8991   **전송** 02-6442-8993
이메일 jungtobook@gmail.com

ⓒ2018 정토출판

ISBN 979-11-87297-17-8 00810

힘내라 청춘

법륜 지음

정토출판

지금 여러분은
어떤가요?

지금 여러분의 삶은 어떤가요?

만족하시나요?

그것이 어떤 상황이든 지금 나에게 주어진 이 상황을 나의 삶에 좋은 경험으로 전환시키는 것은 오직 자신만이 할 수 있습니다. 그 누구도 대신할 수 없습니다. 주어진 환경에 적응하며 살아도 되고 주어진 환경을 변화시키며 살아도 됩니다.

언제, 어디에서, 무엇을 하든 주어진 환경을 자신에게 유리하도록 활용할 수 있으면 천하의 누구도 나의 자유를 빼앗을 수 없습니다. 자각만이 자신을 변화시킬 수 있습니다. 모쪼록 이 책이 여러분 삶의 길잡이가 되기를 바랍니다.

2018년 가을에

법륜

차 례

입대하기가
두렵습니다

두 달 후에는 입대해야 하는데
자꾸 겁이 납니다.
"어차피 가야 하니까
마음 접고 가야지" 해도
두렵기만 합니다.

　우리가 보통 가보지 않은 곳에 처음 가면
어떻습니까? 한번 가본 산은 괜찮은데 한 번
도 가보지 않은 산에 가면 조금 긴장이 될 수

있고, 사람도 한번 본 사람은 괜찮은데 처음 만나는 사람을 대하려면 살짝 긴장되잖아요. 군대도 마찬가지예요. 아직 경험을 못 해 봤기 때문에 지레 겁이 나는 거예요. 근데 막상 가보면 아무 문제 없어요.

그러니 군대 간다고
두 달 전부터 고민할 필요 없이,
군대 가는 날 아침까지 직장에 다니거나
학교 공부하다가 그날 아침에 출근하듯이
바로 가면 됩니다.

삶의 모든 순간을 일상으로 받아들이는 것이 좋습니다. 제가 115일 동안 세계 42개국을 돌아다니며 강의를 할 때, 무조건 하루에 한 강의를 계획했습니다. 비행기를 7시간씩 타더

라도, 목표는 매일 한 개씩 강의하는 거였어
요. 이동 시간이나 시차 때문에 강의하기 어
려운 경우에는 그다음 날 두 곳에서 강의하
는 식으로, 강의를 일상화했습니다.

일상생활이라는 게 잠을 자야 하지만 못
자는 날도 있고, 밥을 먹어야 하지만 못 먹을
때도 있듯이, 군대도 마찬가지예요. 일상생활
로 받아들이면 아무것도 아닙니다. 밥 먹고
체력 단련하는 곳이라고 생각하면 됩니다.
굳이 군대에서 책 읽고 공부할 필요는 없어
요. 100미터 달리기를 해야 하는 상황이면 체
력단련 기회라는 마음으로 300미터 달리고,
행군 10킬로미터 하라고 하면 '15킬로미터 해
야지' 하고서 긍정적으로 생각하면 됩니다. 성
경에 보면 이런 말이 있습니다. '5리를 가자고

하면 10리를 가주어라', '겉옷을 달라 하면 속옷까지 벗어주어라', '왼뺨을 때리면 오른뺨도 대주어라'. 5리를 가자니까 싫지만 억지로 5리를 가면, 가자는 사람이 갑이 되고 내가 을이 됩니다. 하지만 '내가 10리를 가줄게'라고 하면 내가 그 상황의 주인이고, 갑이 되는 겁니다.

지금 여러분의 생각을 조금 바꾸어야 합니다.

여러분은 능력도 있고
괜찮은 사람들이에요.
다만 문제가 있다면
기대가 너무 높다는 겁니다.

여러분이 부모님 세대보다 좋은 조건에 있지만, 미래에 대한 희망은 오히려 부모님 세대보다 낮습니다. 기대 수준이 너무 높아서 만족하지 못하기 때문입니다. 여러분은 지금 부족한 것 없이 좋은 환경과 조건에서 살아왔지만, 앞으로는 지금보다 더 좋은 환경과 조건을 갖추기는 어려워요. 여러분이 가진 환경과 조건이 오히려 불리하게 작용하는 거예요.

반대로 여러분 부모님 세대는 조건이 나빴기 때문에 조금만 노력해도 눈에 띄게 나아졌어요. 예를 들어 5만 원 받고 살다가 조금만 노력하면 10만 원을 벌 수 있었는데, 여러분은 100만 원 받는 수준이라서 아무리 노력해도 200만 원 받기는 불가능한 시대에 살고 있죠. 오히려 50만 원으로 떨어질 가능성도 있습니다. 사실이 그렇더라도 50만 원 받는 게 부모님 세대가 처해 있던 조건보다는 훨씬 더 나아진 거라는 긍정적인 생각을 하면 괜찮습니다.

그렇게 되면 여러분의 삶이 훨씬 편해집니다. 여러분의 재능이 부족한 것도 아니고, 지금 세대가 불행한 것도 아니에요. 다만 여러분 세대가 이미 가진 조건이 너무 좋다 보니 '더 좋은 조건'을 기대하기가 굉장히 어려운 상황인 것뿐입니다.

갓 입대한
이등병입니다

저는 갓 입대한 이등병입니다.

전역일이 500일 넘게 남았는데

어떻게 하면 보람되게 잘 보낼 수 있을까요?

학교 다닐 때, 영어 선생님이 수업을 잘 못한다고 책상 밑에 수학책을 몰래 놓고 공부하는 학생들이 있었죠? 그런데 아무리 선생님이 못 가르쳐도 영어시간에는 영어공부에 집중하는 것이 좋아요. 그처럼 군대에 있을 때는 군인의 역할에 충실한 게 좋습니다. 그렇다면 군인으로서 열심히 할 수 있는 게 뭘까요? 첫째, 체력을 단련하는 거예요. 훈련 있는 날은 훈련하고, 훈련 없는 날은 혼자라도 뛰면서 체력 단련을 하면 군인으로서 칭찬받는 일이 잖아요. 그리고 평생 살면서 언제 이렇게 원없이 체력 단련할 기회가 주어지겠어요?

'군대 생활이 건강한 나를 만드는 최고의 기회다.'
이렇게 생각해 보세요.

둘째, 요즘은 자녀가 한두 명이라서 다들 공동체생활이 서툴잖아요. 어차피 여러분이 사회에 진출하면 조직생활을 하게 됩니다. 그래서 군대에 있을 때 조직생활 연습을 많이 해보는 것이 좋아요. 군대에서 새로 만나는 다양한 사람과 함께 생활하면서 조직생활을 익히는 거예요.

셋째, 상사가 시키면 무조건 해보는 겁니다. 비굴한 마음으로 복종하라는게 아니라 나를 내려놓는 마음으로 해보세요. 그러면 상사가 시키는 일에 시비하지 않고 가벼운 마음으로 하는 힘을 얻게 됩니다. 그러니 가볍게 '네, 하고 합니다' 라는 마음으로 무슨 일에든 임해 보세요.

넷째, 돈만 재산이 아니라 사람도 재산입니다. 부하를 대할 때 직위로만 대하지 마세요. 군대의 질서상 필요한 것은 어쩔 수 없다고 하더라도 평상시에는 사람과 사람의 관계로 대해 주세요. 군대에서 인간관계라고 하는 큰 재산을 얻을 수 있습니다.

이런 식으로 군대에서 할 수 있는 것을 해야 해요. 민간에서 할 수 있는 일들을 군대에서 눈치 보며 하려고 하면 나도 힘들고, 제대로 되지도 않고, 또 효율적이지도 않아요. 500일 동안 현재에 충실한 삶을 살다가 전역을 맞이하면 큰 보람을 느낄 거예요.

처음 결심을
끝까지 유지하고 싶어요

지금은 이등병입니다만, 전역하고 나면
좋은 학교로 편입도 하고 효도도 하고
소홀했던 사람들에게 더 관심을 갖는 등
군대를 인생의 터닝 포인트로 삼고
변화할 생각입니다. 그런데
고참이나 전역자들 말로는
계급이 높아지면 군대 오기 전 마음으로
되돌아간다고들 하는데,
지금 저의 마음이 변하지 않을 수 있는
방법을 알고 싶습니다.

지금 여기서 부모님께 효도해야지 공부 잘 해서 하자는 생각은 일만 번 해 봐야 다 번뇌일 뿐입니다. 아무 도움이 안 된다는 말이에요.

　여러분이 중고등학생 시절 시험 칠 때 항상 '다음부터는 벼락치기 공부 안 하고 미리미리 해야지' 다짐하지만, 시험 끝나면 어떻게 했나요? 그런 마음은 온데간데없고 다음 시험 역시 똑같이 되지요. 방학 때에도 늘 야심차게 공부 계획을 짭니다. 그렇게 해놓고 며칠도 못 가서 친구가 찾아왔다고 놀아버리면 원래 30일 계획에서 5일 빼고 25일 계획으로 바꾸었다가, 또 5일 빼고 20일 계획으로 바꾸었다가, 결국 개학이 오면 공부는커녕 방학 숙제도 다 못 해서 남의 것 베껴가기도 바쁘잖아요. 이게 우리 인생이에요. 늘 그렇게 반복합니다.

그렇기 때문에 '나중에 뭐 해야지' 하는 생각은 중요하지 않아요. 그런 생각은 다 내려놓으세요. 전역한 뒤에 부모님께 효도하겠다는 생각을 정말 실천하려면, 현재 군대 생활에 충실해야 해요.

**지금 하는 이 일에 충실할 수 있으면
제대해서도 내가 생각하는 그 일을
충실히 할 수 있다는 거예요.**

제가 중학교 때, 앞으로 이루고 싶은 꿈이 있어서 열심히 공부했어요. 혼자서 자취를 했는데 연탄불 아끼려고 연탄 하나로 이틀씩

불을 때면 방이 너무 차가워서 이불 깔아 놓은 곳만 조금 따뜻하고 방 안은 잉크병이 얼어버릴 정도였어요. 책상 앞에 앉아 있으면 추우니까 이불에 발을 넣고 엎드려서 공부하다 보면 잠이 들어버려요. 책상에 앉아서 할 때는 '이불에 발을 넣고 공부해도 안 잘 것이다' 다짐하지만, 결국 엎드리면 자게 되고 이게 반복이 되는 거예요. 그래서 제가 벽에다가 이렇게 써서 붙였어요. "내가 원하는 장래의 희망을 달성하는 길은 지금 이불 밑에 발을 넣지 않는 것이다." 20~30년 후의 목표를 달성하려면 지금 내가 이불 아래 발을 집어넣어서는 안 된다는 것부터 시작하는 거예요.

불가에서는 '조고각하照顧脚下, 너의 발밑을 보라'고 합니다. 깨달음이 이러니저러니 허황

한 소리하지 말고, 신발을 벗을 때는 벗는 데 깨어 있으라는 거예요. 마음이 방에 먼저 가 있으면 신발이 흐트러진다는 말이에요.

**댓돌 위에 발을 놓을 때 깨어 있으면
신발을 가지런히 벗을 것이고,
마음이 다른 곳에 가버리면
신발이 흐트러지는 것이에요.**

왼발을 내디딜 때는 왼발에 깨어 있고, 오른발을 내디딜 때는 오른발에 깨어 있으라는 겁니다. 항상 깨어 있다, 찰나 찰나에 깨어 있다, 이것이 '발밑을 보라'는 말의 뜻입니다.

질문하신 분은 내가 지금 군대 생활에 충실한지 한번 점검해 보세요. 그것이 되면 제대하고 나가서 편입하는 것도 가능하고, 부모님께 효도하는 일도 가능하겠지만, 지금 여기 있으면서 오늘 마음 먹고 내일 안 되고, 내일 마음먹고 모레 안 되면, 앞으로도 마찬가지예요. 전역하면 무엇 무엇을 하겠다는 이야기는 해봤자 꿈같은 소리일 뿐입니다. 지금 할 일은 내가 처한 생활에 충실할 수 있는지 지켜보는 거예요. 생활관에서 청소할 때에도 남보다 조금이라도 더하는 게 되는지 돌아보세요. 그것이 되면 밖에 나가서 본인이 생각하는 그 원을 달성할 수 있습니다.

여자 친구가
헤어지자고 합니다

저는 입대하기 전
매우 사랑하는 여자가 있었습니다.
서로 사랑해서 양가 부모님의 허락으로
8개월간 동거했고, 결혼도 승낙받은 뒤
입대했습니다. 연애하면서
10일 이상 떨어져 지낸 적이 없는 사이였지만
싸우기도 많이 싸우고 제가 툭하면
헤어지자는 말로 힘들게 했기에 불안했습니다.
그런데 불안이 집착으로 변해가면서

여자 친구를 추궁했고, 무책임하게
헤어지자는 말을 하고 나서 후회했습니다.
다시 붙잡으려 했지만
전에 알던 여자 친구는 없고
냉정한 여자가 되어 거절했습니다.

처음엔 밥맛도, 의욕도 사라지고
거의 공황 상태로 지내면서
선임들에게 반항심까지 생기다 보니
군 생활이 하기 싫어져 스스로
삶을 포기하기 직전까지 갔습니다.
헤어진 지 6개월이 지났지만 하루도
생각나지 않는 날이 없어 괴롭습니다.
무엇보다 여자 친구는 임신을
두 번이나 했는데, 제 못난 능력
탓에 아기들에게 세상의 빛도 못 보여주고

하늘로 떠나보내야 했습니다.
순간의 쾌락을 이기지 못하고 가엾은 생명을
죽인 저는 너무 큰 죄책감에 시달립니다.

석 달이면 모두 잊힌다는 주위 사람들의
말을 들었는데, 6개월이 지난 지금도
잊지 못하고 괴로움에 몸부림칩니다.
그러다 보니 조금만 힘들면
쉽게 포기하는 버릇이 생겨버렸고
조울증 증세도 보입니다. 모든 게
저의 잘못인 것 같아 더욱 괴롭습니다.
이제는 정말 새 출발을 하고 싶어
감히 스님께 답답한 짐 하나 덜어달라고
간절히 요청합니다. 겉으로는 웃지만,
속으로는 울분을 토하고 싶은 제 심정을
스님의 말씀으로 되돌아보는 시간이

되었으면 좋겠습니다.

제 고민을 아는 소수의 간부님은
제 마음을 이해하지 못했습니다. 저도 왜
여자 친구 때문에 미래에 대한 자신감을 잃고
모든 걸 놓고 싶은지 스스로가 한심합니다.
그리고 하늘로 보낸 두 자식에게도
속 시원히 용서를 빌고 싶습니다.
심지어 자식이 꿈에 나온 적도 있습니다.
이름도 지었던 핏줄이라 가슴이 아픕니다.

많은 사람 앞에서 꺼내놓기 어려운 개인 이
야기인데 잘했습니다. 무기명으로 질문해도
되지만 그보다는 이렇게 직접 일어나서 질문
하는 것이 더 좋아요. 왜냐하면 제가 글만 보
고 느끼는 것하고 떨리는 목소리와 표정을 직

접 보고 들으며 느끼는 것하고는 많은 차이가
있거든요.

> 오늘 이렇게 용기를 내어 질문한 것으로
> 이미 문제의 절반은
> 해결되었다고 할 수 있어요.

이걸 말 못 하고 혼자 끙끙대면 큰 사고로
이어질 위험이 있는데, 본인이 이렇게 많은
대중 앞에서 드러냈다는 자체만으로도 위험
한 고비는 넘겼다고 볼 수 있습니다.

질문에 답하기 전에 우선 우리의 정신작용
에 대한 이해가 좀 필요합니다. 어떤 사람이
꿈속에서 강도를 만났다고 합시다. 두려워서
도망을 가겠죠. 강도는 쫓아오고 이 사람은

도망을 가면서 살려 달라고 아우성을 칩니다. 아우성이 때로는 목소리가 되어 바깥으로 나오기까지 합니다. 그런데 깨어 있는 사람이 그 사람의 아우성을 들으면 어떨까요? 잠꼬대 한다 그러죠. 본인은 괴로워서 죽겠다고 아우성을 치는데, 다른 사람은 그를 보고 '헛소리 한다', '잠꼬대한다', 이렇게 말합니다. 그럴 때 그 말이 본인에게는 들리지 않습니다.

"잠꼬대 그만해라, 헛소리 그만해라.
아무 일 없다" 이렇게 얘기해도
잠자는 사람 귀에는 들리지 않습니다.

분명히 귀도 있고, 살아있는데도 그게 안 들립니다. 깬 사람 입장에서는 아무 일도 아닌데 꿈꾸는 사람에게는 엄청난 큰일입니다.

꿈꾸는 상태는 뇌리에서 영상을 보는 상태입니다. 이것은 꼭 꿈속에서만 일어나는 일이 아니고, 여러분이 텔레비전 드라마를 볼 때도 똑같은 현상이 일어납니다. 어떤 영화나 드라마를 골똘히 볼 때 누가 죽거나 헤어지거나 하면 눈물이 나죠. 그런데 스위치만 꺼버리면 거기 뭐가 있어요? 아무것도 없습니다. 시커먼 기계만 하나 있어요. 그런데 왜 눈물이 날까요? 그 영상에 집중하기 때문입니다. 이걸 '사로잡힌 상태'라고 해요.

**마음이 사로잡힌 상태에서는
꿈과 똑같은 증상이 나타나요.**

밤에 으슥한 곳에서 귀신을 보았다는 사람도 마찬가지입니다. 다른 사람은 아무것도 못 보았다는데 귀신을 본 사람은 "저기 귀신 있잖아" 이렇게 된단 말이에요. 그 사람은 마음이 사로잡힌 상태인 겁니다. 그러나 귀신을 본 사람은 '나는 보는데, 너는 못 본다' 이렇게 생각합니다. 설령 만 명이 환각이라고 해도 '아니야, 너희는 못 봤어. 나는 진짜 봤어' 이렇게 되는 겁니다. 왜냐하면 머릿속에서 상이 또렷하게 나타나기 때문에 그렇습니다. 이게 사로잡힌 증상이에요.

꿈을 깬 뒤에만 '아, 꿈이었구나. 착각이었구나' 하고 알 수 있지, 꿈속에서는 절대 알 수 없어요. 그러니까 지금 본인은 사랑하는 사람 생각에 꽉 사로잡힌 상태에요. 옆에 있는 사람이 볼 때에는 별거 아니에요. "사귀다 보면 헤어질 수도 있지. 세월이 좀 흐르면 잊

34

혀져." 그러나 틀린 말이 아닌데도 나한테는 해당이 안 돼요.

수많은 사람이 얘기해도 자기 생각에 사로 잡혔기 때문에 그게 환상이 아니라 현실이라는 거예요. 지금 본인이 그런 상태예요. 거기에 꽉 사로잡혔다는 얘깁니다. 마치 환각이나 환영을 보듯이 완전히 사로잡힌 거예요. 옆에서 누가 말해도 들리지 않고, 누가 위로해도 위로가 되지 않지요.

마치 꿈꾸는 사람에게
"그건 꿈이야!" 이래 봐야
안 들리는 것과 똑같습니다.

그럴때 옆 사람은 "여자 문제로 뭘 그래?"

35

이렇게 이야기하면 안 됩니다. 사로잡힌 상태여서 그렇게 말해도 알아듣지 못합니다. 대신 스스로 '내가 지금 사로잡힌 상태구나' 하고 알아차려야 합니다.

다시 말하면 강도에게 쫓길 때 본인이 '아, 이거 꿈일지 모른다' 자각하면 어떨까요? 여러분은 꿈을 꾸다가 '이거 꿈일지 모른다' 그런 생각해 본 적 있어요? 그러면 도망을 갑니까, 눈을 뜨려고 합니까? 눈을 뜨려고 하지요. 그런데 뜨고 싶어도 눈이 잘 안 떠집니다. 꿈인 줄 모르는 사람은 계속 도망을 가지만 꿈인 줄 아는 사람은 눈을 뜨려고 합니다. 안 떠져도 어떻게든 눈을 뜨려고 노력을 해요. 그러다가 눈이 탁 떠지면 어때요? 아무것도 아니에요. '어, 꿈이네' 이렇게 됩니다.

지금 본인은 계속 애인을 생각하고, 내가 과거에 잘못했다고 생각하고, 내가 이렇게 했으면 되지 않았을까 하며 그 생각에 빠져 있습니다. 그 생각이 현재 본인에게는 현실이라는 겁니다.

이제부터는 '이게 사로잡힌 상태다. 깨어나야 한다' 이렇게 되뇌어야 해요. 깨어나기 힘들어도 '아, 깨어나야 한다. 이게 사로잡힌 상태다' 계속 되뇌어야 합니다. 지금처럼 사로잡힌 상태가 지속된다면 정신적으로 어려움에 부닥칠 수 있습니다. 해결하려 하지 말고, 그 생각이 떠오르면 고개를 흔들며 '어, 내가 꿈꾸고 있네' 이렇게 알아차리고, 연병장에 나가서 달리기를 하든지, 동기들과 얘기를 하든지, 샤워를 하든지 하세요.

그 생각에 끌려 들어가지 말아야 합니다. 애인을 잊으라는 얘기가 아니에요. 그 생각을 연속해서 하지 말라는 말입니다. 그 생각을 계속 하는 것은 늪에 빠지는 것과 똑같습니다. 자꾸 움직일수록 늪처럼 더 깊이 빠져들어 가니까 고개를 흔들고 생각을 떨치도록 해야 합니다. 자꾸 하다 보면 어느 순간 눈을 뜨게 되지요.

'잊어야 한다. 필요 없다' 하고 억지로 생각을 안 하려는 것도 사로잡힌 증상에 해당합니다. 이런 경우는 명상해도 안 됩니다. 생각이 더 떠오르고 더 깊이 사로잡히기 때문입니다. 그럴 때는 겉으로는 웃고 속으론 울더라도 뛰고 일하고 사람들과 재미있게 어울리면 좋습니다. 생각은 하면 할수록 빨려 들어가는 굉장한 흡입력을 갖고 있기 때문에 어쨌든 한 발 벗어나려고 해야 합니다. 그렇게 애를 쓰면 조금씩 개선됩니다. 그 생각을 안 하려고 한다고 안 해지는 게 아니에요.

내가 떠올리고 싶어서 떠오르는 것이 아니라
저절로 떠오르는 것이니까,
'이건 사로잡힌 거야. 깨어나야 해.'
이렇게 자꾸 자기 암시를 하세요.

그렇게 하다 보면 조금씩 조금씩 좋아지고 어느 순간에 밝아집니다.

만약 이대로 환영 속에 계속 살면 어느 순간에는 자학하게 됩니다. '나 같은 건 죽어버려야 해' 이렇게 확 사로잡히면서 자살할 수

도 있습니다. 갑자기 '나 같은 건 살 필요 없
어. 죽어야 해' 하며 순간적인 생각에 사로잡
혀 아파트 창문에서 뛰어내려 버린다든지 할
수 있어요.

그러니 자학하면 안 돼요. 지금은 애인하고
헤어져서 정신적인 어려움에 부닥쳐 있거든
요. 이것이 치유가 안 되고 상처로 남게 되면
앞으로 연애하기 굉장히 어려워집니다. 왜냐
하면 또 상처 줄까 봐, 또 상처받을까 봐, 또
실수할까 봐, 상대에게 잘 다가가지를 못해요.
자라 보고 놀란 가슴 솥뚜껑 보고 놀란다는
말처럼 상처가 환영처럼 작용해서 다른 사람
과의 관계에서 늘 겹치기 때문에 결혼생활도
어려워져요.

지금 돌이키면 어떻게 유리할까요? 사실, 여자와 헤어져서 이런 증상이 생긴 게 아닙니다. 원래 심리적으로 편집증이, 다시 말해 어떤 생각을 하면 거기에 빠져드는 성질이 있어서 그래요. 이것은 부모로부터 받은 거예요. 어릴 때부터 편집증이 있다는 것을 느꼈다면 몰라도 그게 아니라면 그 여자친구와 연애하면서 자기 속성을 알게 된 거예요. 원래 지닌 속성이 이번에 드러났다 이 말이에요.

만약에 이번에 안 드러나고 결혼해서 이런 일이 생기면 어떻게 되겠어요? 같이 살면서도 계속 이혼하자고 하고, 그러다가 여자가 집을 나가면 찾으러 다니게 됩니다. 만약 이런 상태로 아기를 낳는다면 어떻게 살겠어요. 그러니까 이번 경험이 아프긴 하지만 더 큰 아픔을 미리 막을 수 있는 좋은 계기로 삼으세요.

> 넘어져서 다쳤는데
> 거기 돌이 있다는 것을 알고 캐내 버리면
> 다른 사람들은
> 걸려 넘어지지 않게 되는 것처럼,

앞으로 인생을 살면서 이보다 더한 위험에 빠질 수 있는 성질을 스스로 아는 계기 말입니다.

이런 편집증은 돈을 빌려주고 못 받으면, 그 생각이 머릿속에 계속 맴돕니다. 그래서 술 먹게 되고 한탄하게 되고 배신당했다고 생각합니다. 직장에서 믿고 따르던 상사에게 갑자기 해고를 당하면 어떨까요? 아마 편집증으로 번져 원한이 맺히고 본인과 상사를 학대하고 미워하느라 사회생활을 하는 데 굉장히 어려움을 겪게 될 것입니다. 그런데 이번 계기를 통해서 '아, 나한테 그런 위험 요소가 있구나' 하는 것을 발견한 겁니다.

전역하면 여자 친구를 찾아가는 걸 먼저 하면 안 돼요. 여자 친구를 찾아가기 전에 정토회로 오세요. 그래서 수련을 하고 정진을 해서 내면에 있는 상처를 먼저 치유해야 합니다. 치유를 해버리면, 다시 만난다고 해도 지금처럼 밀착하고 싸우고 밀착하고 싸우고 하지 않고 진짜 좋은 관계를 맺을 수 있습니다. 또 이대로 헤어져도 크게 상처가 안 되고, 다른 사람을 사귀더라도 같은 형태를 반복하지 않게 됩니다.

이 사건을 불행으로 생각하지 말고

내 속에 있는 편집증,

한쪽으로 치우치는 성격을 자각하게 해준,

앞으로 닥쳐올 위험을 예방해 준

좋은 계기로 삼아야 해요.

한번 수렁에 빠져봄으로써 수렁에 잘 빠지는 기질을 파악하고 늘 조심하는 좋은 계기로 삼을 수 있습니다. 이걸 전화위복이라고 해요. 화가 도리어 복이 될 수도 있다는 겁니다.

반면에 상처로 만들어버리면 앞으로 인생살이에 큰 장애가 됩니다. 군대에 왔을 때 이런 사건이 생긴 것을 긍정적으로 받아들여야 합니다. 나를 아는 계기가 되었으니까요. '나에게 위험 요소가 있다. 내가 이걸 먼저 치료해야 하겠다. 건강한 모습으로 애인에게 다가가야 하겠다. 이런 모습으로는 그 사람이 나 때문에 얼마나 힘들겠는가?' 이렇게 생각하세요.

두 아이에 대한 생각도 같은 편집증입니다. 만약 마음에 계속 걸리면 여기 법사님께 말씀드려서 어느 날 하루, 과일이라도 몇 개 장만하여 향 피우고 정성껏 천도재를 올리세요. 그리고 거기서 딱 끝내야 해요. 이 문제로 영혼이 있는지 없는지 따지는 건 중요하지 않습니다. 일단 있다는 전제 하에 종교적으로 말하면 윤회를 해야 하는데, 생명이 끝났으면 다른 몸을 받아야 한다는 뜻입니다. 그런데 부모가 계속 울고불고 못 잊으면 그 혼이 갈 수가 없잖아요. 돌아오려니까 몸이 없고, 가려니까 계속 잡아당기니 뭐가 될까요? 무주

고혼이 돼요. 나는 자식을 위한다고 하지만 결과적으로는 자식을 굉장히 해치는 셈입니다. 어리석어서 한 번 해쳐 놓고 또 다시 두 번 죽이는 꼴이 되지요. 지금이라도 자식을 놓아주는 것이 살려주는 겁니다. 그러니까 천도하고 "잘 가라" 하고 탁 놔버려야 해요. 완전히 탁 지워버려요. 그래야 한 번은 실수했지만 두 번은 되풀이하지 않게 됩니다. 그런데도 자꾸 아기 생각이 떠오르면 그건 편집증에서 생긴 것이지 낙태 때문이 아니라는 것을 확실히 알아야 해요. 얼굴이 좀 어두운데, 이렇게 마음 고쳐먹고 밝게 생활하세요. 질문자가 어려운 이야기를 용기 있게 해주셨어요. 그 덕에 부처님 법의 가피를 많이 입었습니다.

47

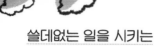

쓸데없는 일을 시키는
지휘관이 싫습니다

군 생활을 하면서 많은 업무를 하고 있지만,
상관이나 지휘관이 '이건 좀 아니다' 싶은
업무를 시켜 우리를 힘들게 하는 경우가
종종 있습니다.

예를 들어 땅을 파라고 시킵니다.
그래서 열심히 해서 다 파놓으면, 다시 보니
별로라고 하면서 도로 묻으라고 합니다.
여기 있는 나무를 저기에 옮겨 심으라고 해서
옮겨 심어 놓으면, 이곳은 아닌 것 같다며
다시 원래 위치로 옮기라고 합니다.

물론 상관이나 지휘관도 우리를 일부러
골탕 먹이려는 것은 아니겠지만, 그래도
우리를 조금이라도 생각한다면 이 정도로
말이 안 되는 일은 안 시킬 거로 생각합니다.
저는 그런 상관이나 지휘관이 싫습니다.
이럴 때는 어떤 마음을 먹어야 하는지
궁금합니다.

아, 절 집안하고 똑같네요. 절 집안도 그렇습니다. 집안에 어른이 많으면 한 사람은 이거 하라고 하고, 다른 한 사람은 저거 하라고 합니다. 제가 봉암사에서 부목 생활을 조금 했습니다. 부목은 절에서 물 긷고 밭매고 나무하는 등의 일을 맡아서 하는 사람입니다. 부목으로 살아보면 그런 일이 똑같이 생겨요. 한 사람이 빨리 화장실 치우라고 해서 오줌통 메고 가면, 끝나기도 전에 다른 사람이 불러서 "야! 밭매라!" 이래요. 그래서 어쩔 줄 몰라 하고 있으면, 먼저 화장실 치우라고 시킨 사람은 가버리고 없고 다른 사람은 호미를 메고 밭에 가자고 오는데 안 갈 수가 없잖아요. 그래서 밭을 매고 있으면 나중에 화장실 치우라고 한 사람이 와서 "화장실 치워놓으라고 했는데 왜 안 치웠어?" 하고 야단을 쳐요. 그러면 나중에는 이런 마음이 들어요. '나보고 어쩌라고! 너희가 교통 정리해서 나한테 내려주지, 왜 너희가 일을 벌여서 중간에 있는 나만 못살게 하냐! 나보고 도대체 어떻게 하라는 말이냐!' 그래서 지금 질문이 저는 절절히 이해가 됩니다. 그런데 문제는, 이런 경우는 살다 보면 허다하게 생긴다는 겁니다. 회사에 취직해도 이런 일이 생깁니다. 사장이 와서 시키는 일 다르고, 부장이 와서 시키는 일 달라요.

이것을 수행 차원에서 이야기해 봅시다. 내가 이런 상황을 바로잡아 달라고 지휘관이나 상관에게 요구한다고 시정이 될까요? 안 되겠지요. 그러면 내가 군대의 부조리와 비효율을 고쳐주러 군대에 왔나요, 아니면 내 군대 생활을 잘하려고 왔나요?

지금부터 군에서 문제없이 잘 사는 길을 일러줄게요. 저도 질문자와 비슷한 경험을 하면서 굉장히 힘들었어요. 제가 봉암사에 갈 때 제일 큰 어르신인 조실 스님께만 조용히 "제가 여기 부목살이 좀 하겠습니다"고 했더니 "뭐하러 그런 것을 하냐?"고 하셨습니다. 그래서 "제가 너무 남들 위에만 있어서 저도 모르게 자꾸 시키는 것만 익숙해지니까 저를 좀 정화하기 위해서 왔습니다. 그러니 남들한테 이야기하지 마세요"라고 했어요. 그래서 거기 살기 시작했는데, 봉암사에 갈 때는 내 공부하러 갔지 봉암사 고쳐주러 간 게 아닌데도, 이것도 문제고 저것도 문제고, 창고 열어보면 창고도 문제고, 온 천지가 문제투성이였어요.

저는 뭐든 열심히 하는 성질이 있어요. 그래서 어느 날도 땀을 뻘뻘 흘리며 장작을 열심히 패고 있었지요. 조실 스님이 뒤에 계신 줄도 몰랐어요. 한참 장작을 패다가 땀을 닦고 뒤를 돌아보니까 조실스님이 서 계신 거예요. 그래서 인사를 드렸더니,

조실스님께서 빙긋이 웃으시면서
이러시는 거예요.
"여보게, 자네 없을 때도
봉암사는 잘 있었네."

그동안 내가 하는 짓이 마치 내가 없으면 봉암사가 안 될 것처럼 한 거예요. 나는 장작 패주러 봉암사에 간 게 아니었어요. 집착하는 마음을 내려놓자고 갔지요. 그런데 가만히 보

니 그전에 내가 하던 일에 가진 집착을 장작 패는 것으로, 밭 매는 것으로, 밥하는 것으로 대상만 바꿔서 똑같이 했던 거예요. 그러니까 조실스님께서 웃으면서 "너 없을 때도 봉암사 잘 있었다" 하신 거예요. 그때 제가 깨쳤어요. '내가 하던 일 다 놓고 나를 살펴보러 여기에 와서는 또 내 까르마에 휘말려 있었구나' 하고 돌이키는 계기가 되었습니다.

이런 것이 선불교에서의 과제가 되는 겁니다. 제가 화두를 던져줄 테니까 한번 들어보세요. 불경에 이런 말이 있어요. '일체중생一切衆生 개유불성皆有佛性. 모든 생명 가진 존재는 다 부처가 될 성품이 있다.' 이 말은 불교 공부를 조금 한 사람이라면 다 알 겁니다.

한 스님이 선방에서 공부하다가 휴식 시간에도 안 쉬고 정진한다고 마루 위에서 참선을 했어요. 그런데 옆에서 계속 빠그작빠그작 소리가 나는 거예요. 참선할 때에는 소리가 난다고 한눈을 팔면 안 되지요. 소리가 나든 말든 화두만 참구해야 하는데 현실은 그게 안 돼요. 계속 빠그작빠그작 하니까 힐끗 봤어요. 보니까 강아지 한 마리가 마른 뼈다귀를 콱 콱 콱 씹었다 뱉었다 씹었다 뱉었다 하는 거예요. 살점 하나 없는 마른 뼈다귀를 가지고 말이예요. 참 쓸데없는 짓 아닙니까. 그죠?

그러자 '쓸데없는 짓을 하는 저 개는 불성이 있는가', 그런 의문이 든 거예요. 일체중생에게 불성이 있다면 개도 부처의 성품이 있어야 하고, 개가 부처라면 개가 하는 짓도 다 부처의 행위여야 하는데, 마른 뼈다귀를 씹었다 뱉었다 하는 게 부처의 행위라면 말이 안 되잖아요. 그러니까 의심이 들었어요. '일체중생에게 불성이 있다'는 말이 경전을 읽을 때는 그런 줄 알았는데 의심이 딱 든 거예요.

그래서 스승한테 물었어요. "스님, 개한테도 불성이 있습니까?" 그러니까 스승님이 "개한테 무슨 불성이 있겠나? 없다" 이런단 말이에요. 한번 생각해 보세요. 스승님 말대로 개한테 불성이 없다고 하면 경전이 틀렸지요? 그러면 '내가 경전을 못 믿겠다' 이 말이 되잖아요. 부처님이 하신 말씀도 못 믿으면서 어떻게 깨달음을 얻겠어요? 반대로 "스님, 경전에는 불성이 있다고 써놓았던데요"

이렇게 말하면 스승 말을 못 믿는 게 되지요. 스승 말을 불신하며 수행을 해서 어떻게 깨닫겠어요?

이럴 때 '스승 말이 맞나, 경전이 맞나?'
이러면 둘 다 못 믿는 거예요.

스승님 말이 틀렸다고 하면 스승을 부정하는 것이고, 경전이 틀렸다고 하면 부처님을 부정하는 것이고, 누구 말이 맞나 고민하면 둘 다 부정하는 것이고, 어떻게 해야 할까요?

그럴 때 스님 말도 100퍼센트 믿고 부처님 말도 100퍼센트 믿는다고 하면 어떤 현상이 일어날까요? '개한테 불성이 없다' 하는 이 '무無'가 내 눈을 멀게 하고 내 귀를 먹게 합니

59

다. 즉, 이 무라는 것이 무엇을 의미하는가? '있다, 없다'의 무가 아니란 말이에요. 만약에 이 '무無'가 '있다, 없다'의 문제라면 하나는 맞고 하나는 틀려야 되잖아요. 그럼 둘 다 맞을 때는? 이 '없다'라는 말은 '있다'와 '없다'를 넘어서는 전혀 다른 뜻이 되는 것이에요. 그래서 '무無라…', 이게 도대체 무엇을 의미하느냐 이거에요. '무라…', '무라…' 이게 목구멍에 가시처럼 탁 걸려서 앉아도 '무라…', 누워도 '무라…' 이걸 화두라고 그래요. 다른 생각 하다가 잊어버리고 '아이고, 놓쳤네' 이게 화두가 아니라 놓으려야 놓을 수 없는 것이 화두예요. '있다, 없다'라는 것은 양 극단에 속하는 것이에요. 둘 다를 떠나야 돼요. 둘 다를 떠나야 진정으로 생각이 일어나기 이전의 도리로 돌아가게 됩니다.

'사단장 말이 맞나,

여단장 말이 맞나?'

'누구 말을 들어야 하나?'

'높은 사람 말 들을까,

내 직속 상관 말 들을까?'

이건 내 머리 굴리는 짓이에요.

내 머리를 굴리지 말아야 해요. 그럼 어떻게 하면 될까요?

사단장이 파라면 파는 겁니다. 여단장이 메우라면 메우는 거고요. 나무 심어라 하면 심고, 또 옮기라고 하면 옮기면 되는 거예요. 시키는 대로만 하라는 개념이 아니에요. 시키는 대로만 하면 종이 되는 것이지만, 이것은 나 스스로 나를 비우는 연습을 하는 겁니다.

61

이렇게 모순적인 것이 다가와도 나한테는 모순이 없는 겁니다. 내가 나를 움켜쥐니까 모순이 생기는 거지요. 내가 나를 놓아버리면 아무 모순이 없습니다. 그럴 때 항변하면 아직 나를 비우지 못한 것이 됩니다. 사단장이 와서 "네 이놈, 파라는데 왜 안 팠냐?" 그렇게 야단칠 때 "여단장님이 파지 말라 그랬는데요" 이러는 것은 책임을 남에게 전가하는 겁니다. 한 대 탁 때리면서 "파라는데 왜 안 팠어?" 이러면 "죄송합니다. 파겠습니다" 이러고 파면 돼요. 그래서 파고 있는데 이번엔 여단장이 와서 "파지 말라 했는데 왜 팠냐?" 이러면 "죄송합니다" 이러고 그냥 안 파면 돼요.

이렇게 나를 비우는 것을 연습하라는 말입

니다. 이 모순 속에서 깨달을 수 있습니다.

> 그 두 분이
> 나를 깨쳐주려고 그리한 것은 아니지만,
> 이걸 긍정적으로 받아들여
> 모순 속에서 나를 놓아버리면
> 무아無我를 체득하게 됩니다.

이렇게 수행으로 받아들이면 모순에서 벗어나게 됩니다. 그런데 이것을 세속적으로 생각하면 모순에서 못 벗어나고 이리도 못 하고 저리도 못 하고 사면초가가 되어 '나보고 어떻게 하라는 말이냐!' 항변이 나오게 됩니다. 나를 탁 놓아버리면 두 가지 사이의 모순이 그냥 사라져 버려요.

그러나 말은 쉽지만, 막상 해보면 잘 안 될 겁니다. 그러니까 이게 수행의 과제라는 겁니다. 군대에 있다가 이 한 가지만 깨치고 나가도 절에서 스님 생활 10년 하는 것보다 낫습니다.

선임이
자꾸 괴롭힙니다

저는 군 생활 열심히 하면서
잘 적응하고 있습니다. 하지만 저를
유독 괴롭히는 선임이 있습니다.
제가 친해지려고 노력도 많이 해보았지만
잘 안 되었습니다. 저를 괴롭힐 때나
제가 괴롭힘을 당하고 나서 제 표정이
안 좋으면, '표정이 나쁘다'고 시비하고,
심할 때는 때리기도 합니다.
그럴 때마다 화가 나고 스트레스 받고
짜증이 나도 속으로만 앓고 있습니다.
심할 때는 그를 때리고 싶기도 하고, 그가
이 세상에 없었으면 좋겠다는 생각을 합니다.
어떻게 해야 할지 좋은 답변 부탁드립니다.

본인 생각대로 그 사람이 나쁘다고 칩시다. 그래서 내가 그 사람을 한 대 치면 부하가 상사를 때렸으니까 하극상이 되지요. 그러면 감옥에 가겠지요. 나쁜 사람 한 대 때려서 내가 감옥에 가면 나한테 좋을 게 뭐가 있겠어요. 또 화가 나서 총기 사고라도 일으키면 한 10년은 감옥 가야 하지 않겠어요? 그런 나쁜 사람을 벌 주는 데에 자신을 희생할 필요가 있을까요? 그 사람이 좋은 사람이라면 내가 그 사람을 위해 희생을 해볼 만한 일이지만 그런 것도 아니잖아요?

그럼 이렇게 주어진 상황을 어떻게 긍정적으로 받아들이느냐? 전역한 뒤에 회사에 취직해서 어떤 상사 아래에 있거나, 회사를 하나 만들어서 종업원을 두거나 하면 이런 인간

관계가 생길까요, 안 생길까요? 생기겠지요. 상사나 사장과 사이가 안 좋아서 사표를 던지고 나와 버리면 내 손해가 막심하겠지요. 그러니까 그런 걸 지금 연습하는 거로 생각해 보세요.

'나를 못살게 구는 이런 사람과의 인간관계도 어떻게 좋은 관계로 전환시킬까?' 이것을 연구 대상으로 삼아보세요. 그가 어떻게 해도 하라는 대로 해보세요.

앉으라면 앉고, 서라면 서고,
때리면 맞고, 그 사람이 어떻게 해도
그 사람한테 화가 안 나는
자신을 목표로 세우세요.

저 사람이 나한테 어떻게 해도 내가 화가 안 나는, 화를 안 내는 것이 아니고 화가 안 일어나는 사람이 된다고 말이지요.

지금은 당연히 화가 나겠지만, 자신이 그런 사람이 되는 걸 목표로 삼고 '어, 내가 화가 나네. 나는 화가 안 나는 사람이 목표야!' 이렇게 자꾸 연습을 해보세요. 그 사람을 코치라고 생각하세요. '네가 화를 안 낸다고? 좋아. 내가 너를 화내게 해주지!'라고 해주는 코치라고 생각하고, 본인은 그런 테스트에 안 말려 들어가는 겁니다. 연습한다고 생각하고, '난 거기에 안 넘어간다. 뭐 그런 정도에 내가 넘어가나? 상사께서 저를 어떻게 해도 제가 안 넘어갈 거예요' 이렇게 자신의 수행을 테스트하는 시간으로 삼고 연습해 보세요.

처음에는 열 번, 스무 번이 다 안 되다가, 어느 순간 화가 탁 날 때 '내가 또 말려들었구나', 알게 되면 그 자리에서 화가 확 내려가 버릴 거예요. 그것을 한번 경험하면 '마음이라는 게 이런 것이구나! 저 사람이 나빠서 화가 나는 줄 알았는데, 이 화를 다 내가 일으키는 거구나. 일체유심조—切唯心造라는 게 이런 거구나!' 하고 머릿속으로만 알던 경전 내용을 본인이 여실히 경험하게 됩니다.

그러면 새로운 세상이 열립니다. 지금 상황을 깨달음의 기회로 삼으세요.

그는 내가 화나지 않는 사람이 됐나,
안 됐나를 테스트하는
코치라고 생각하는 겁니다.

그의 놀림에 억울해하면 수행이 안 된 것이지요. 그러니 그의 놀림에 말려 들지 않아야 해요. 스승이 훌륭해서 스승이 되는 것이 아니라 본인이 공부로 삼으면 스승이 되는 것이에요. 그 선임을 스승으로 삼아서 한번 공부해 보세요. 그러면 엄청난 은혜를 입을 거예요.

한번 해볼래요?
죽어도 그것은 못 하겠어요?

해보겠습니다!

한다고 이야기했지요. 그럼 이제 다시는 그 사람을 탓하며 화내면 안 돼요.

화가 일어날 때마다
'아, 내가 또 걸려서 넘어졌구나!' 하고
자기 점검의 기회로 삼으세요.

군대에서 이 문제만 해결해도 수행 생활 10년 하는 것보다 더 많은 것을 얻고 사회에 나가면 직장 생활에서 큰 역량을 발휘할 겁니다. 좋은 기회로 삼으세요.

물론 구타는 군에서 금지하고 있으니까 부당하게 구타할 때는 신고해서 시정해야 합니다. 이렇게 할때도 화가 나지 않는 사람이 된다는 수행의 목표는 계속 지켜야 합니다.

몸을 다쳤는데
<u>걱정됩니다</u>

저는 자대에 전입한 지 한 달 만에
선임들과 친목 농구 경기를 하다가
발목을 다쳤습니다.

약 한 달 동안 깁스를 했지만
한 달이 지나도 발목이 계속 아파서
더 큰 군 병원에 가게 되었습니다. 그곳에서
수술해야 된다고 해서 발목 수술을 하고
이후 두 번이나 더 입원했습니다.
지금도 여전히 통증이 있습니다.
부대에서는 '병원에서 이상이 없다고 하는데
꾀병이 아니냐'고 의심합니다.
정말 억울합니다.
이제 전역도 얼마 남지 않았는데
발은 아프고 정말 걱정입니다.
제가 어떻게 해야 하는지 알고 싶습니다.

　아픈 것은 두 종류가 있어요. 정말 몸이 아픈 것과 아픈 경험 때문에 두려워하는 경우입니다. 즉, 내 몸에 무슨 일이 생기지 않을까

하는 심리적인 불안이 통증의 원인인 경우도 있습니다. 정말 몸이 아파 생긴 통증이라면 일정한 시간 감내해야 고칠 수 있지요.

그러므로 정말 다리가 아프고 잘못되었는지 검사를 철저히 해서 정확하게 확인해야 합니다. 한 군데 가보고 의심스러우면 또 다른 곳에서 한 번 더 검사를 받아보세요. 그러고도 병원에서 이상이 없다고 하면 한방병원에 가서 검사하고 치료를 받아보세요. 한방에서도 이상이 없다고 하면 발목을 다쳤다는 심리적 위축감에서 통증이 생기는 건지도 모릅니다. 이럴 때는 아프더라도 자꾸 움직이고 걷는 연습을 해야 합니다. 그래도 못 이길 정도로 통증이 심하면 또 가서 검사를 해보고, 그래서 이상이 없다 하면 이것은 통증을 이겨

내면서 정상으로 돌아가는 과정이기 때문에 이겨내야 하는 겁니다. 한꺼번에 너무 무리는 하지 말고 물리치료를 받으면서 불안감에서 벗어나야 해요.

그리고 군대 생활을 병원에서 다 보냈다고 자책하지 마세요. 군대 생활하기 싫어서 일부러 손가락 하나 부러뜨려서라도 병원에 누우려는 사람들도 많습니다. 그런데 일부러 그런 것도 아니고 저절로 그렇게 되었으니 이것도 괜찮은 일이다 하고 긍정적으로 생각하세요. 이미 지나가 버린 것을 자꾸 부정적으로 생각하면 안 돼요. 넘어졌을 때 왜 넘어졌냐고 자꾸 그 생각만 하면 안 돼요. 벌떡 일어나야지. 넘어지더라도 벌떡 일어나서 앞으로 가야지, 주저앉아 있거나 뒤로 가면 안 됩니다.

만약에 내가 어떤 잘못을 했더라도 '내가 잘못했구나' 하고 깨달은 뒤엔 '앞으론 이렇게 하지 말아야지' 하며 앞으로 나아가야지, '내가 바보같이 왜 그런 잘못을 했을까?' 하고 지나가 버린 걸 붙잡고 있으면 안 됩니다. 그건 후회하는 마음입니다.

  후회는 수행이 아닙니다.
  후회는 이미 지나가 버린 것을 붙들고 괴로워하는 것이에요.

  잘못했다고 자각했으면 '앞으로는 조심해야지' 하며 앞으로 나아가야 합니다. 그러다 또 잘못하면 '내가 또 잘못했구나, 더 조심해야지' 하고 나아가야 합니다. '나는 왜 세 번 네 번 자꾸 잘못하지?' 그러면 안 돼요. 다시 앞으로 나아가세요.

좌절과 절망은
실패에서 오는 게 아니라
욕심에서 옵니다.

해보고 안 되면, '이렇게 해보니까 안 되네, 저렇게 해 봐야지. 저렇게 해도 또 안 되네, 그러면 요렇게 해봐야지', 이것이 연구하는 자세입니다. 이 세상 인류의 발전을 가져온 모든 연구는 실패를 거쳐서 왔지 그냥 온 것은 하나도 없어요. 그래서 실패는 성공의 어머니라고 하는 겁니다.

자기에게 주어진 삶을 언제나 긍정적으로 받아들이고 앞으로 나아가야 해요. 지나간

일을 가지고 '그때 괜히 농구시합을 했어', '그때 바로 수술 받을 걸', '수술이 잘못된 건 아닐까?' 자꾸 후회하면 안 됩니다. 그렇게 생각하면 병원을 못 믿고 또 오진하는 것은 아니냐 하는 두려움이 생기는 겁니다. 그런 두려움이나 불신이 심리적인 통증을 만들 수도 있습니다. 그러니 긍정적으로 생각하면서 병원에 가서 검사를 정밀하게 받고 난 다음 아무 이상이 없다고 하면 통증을 이겨내면서 꾸준히 물리치료를 하세요.

어머니가
미워요

저는 아버지의 가정폭력으로
부모님 사이가 좋지 않아서
관심과 사랑을 많이 받지 못하고 자랐습니다.
그렇다고 때리지는 않으셨지만,
엄마를 미워하는 마음이 있습니다.
'어려운 가정형편 속에서도
저희 남매를 거둬주시고 키워주신 엄마한테
좀 잘해드려야지, 또 감사하는 마음을 가져야지'
하면서도 엄마가 밉고, 저 자신이
엄마 같은 인생을 살까 봐 두렵습니다.

가정폭력을 일삼은 아버지를 미워하는 것은 이해가 되지만, 아버지의 폭력에도 불구하고 이혼하지 않고 자식들을 먹이고 길러준 엄마를 불쌍하게 여기기는커녕 미워하는 건 이해가 되지 않아요. 보통 여자들이라면 도망가 버렸을 법한데,

**엄마는 남편에게 맞아가면서까지
도망치지 않고 아이들을 길렀잖아요.
이보다 더 큰 사랑은 없어요.**

질문자가 엄마로부터 사랑을 못 받았다고 하는데 모순이 있습니다. 경제적으로 능력 있고 아내도 아끼는 남편을 둔 엄마가 베푼 자식 사랑이 클까요, 남편의 폭력을 견디며 자식을 기른 엄마의 사랑이 더 클까요?

오직 자식을 사랑해서
폭력과 술주정을 견뎌낸
엄마의 사랑이 더 크다고 볼 수 있어요.

그러니 질문자는 엄마로부터 사랑을 듬뿍 받았다고 할 수 있습니다.

저랑 엄마랑은 대화를 많이 하지 않습니다. 일상적인 대화가 많이 부족한 편이에요.

자식들 기르느라 남편의 폭력을 참고 억누르며 지내는 엄마가 자식하고 일상적인 대화를 나누며 사는 게 쉬웠을까요? 대화는커녕 말하기조차 힘들었을 거예요.

그러니 오늘부터 이렇게 기도해야 합니다.

첫째,

'어머니, 어린 나이에 시집가서

저를 낳아 남편 폭력에도

저희를 버리지 않고 키워주셨으니

감사합니다.'

둘째,

'그것도 모르고 제 생각만 하느라

엄마의 고통을 몰랐습니다.

죄송합니다.'

이렇게 감사와 참회의 기도를 하다 보면, 혹여 엄마가 했던 말 또 하고 해도 '아이고, 얼마나 힘들었으면 저런 말씀을 하실까' 하고 이해하게 되고, 이 세상에서 엄마가 제일 훌륭한 사람으로 여겨집니다. 마음속에 엄마에 대한 사랑이 가득 차게 됩니다.

또 아빠의 입장에서도 생각해 볼 수 있습니다. 아빠 역시 엄마랑 싸우고 헤어지고 싶었지만, 같이 산 이유는 자식들 때문이었습니다. 자식이 없었다면 당연히 헤어졌겠지만, 엄마랑 아빠는 자식 때문에 참고 견디면서 같이 살아온 거예요. 그러니 질문자는 엄마, 아빠로부터 무척 사랑받고 살았다고 볼 수 있습니다. 자식 처지에서 보면 부모님이 서로 싸우니 '사랑이 없다, 사랑을 못 받았다' 이렇게 생각할 수 있지만, 엄마 아빠의 처지에서 보면 싸워서 둘이 원수가 되는 지경에도 자식 사랑 때문에 살았던 것입니다. 그러니 오늘부터 기도해야 합니다.

오늘 이렇게 얘기를 들을 때는 문제가 해결된 거 같은데, 막상 집에 돌아가 엄마, 아빠가 싸우는 것을 보면 또 미워하고 원망하는 마음으로 돌아가 버립니다. 수십 년을 그렇게 살아온 엄마, 아빠가 쉽게 고쳐지겠습니까. 이럴 때 부모님 싸움에 끼어들어 해결하려고 하면 안 됩니다. 싸움을 말리려고 끼어들다 보면 엄마도 내 말 안 듣고, 아빠도 내 말 안 들으니 엄마, 아빠를 모두 미워하게 됩니다.

그러니 누구의 편도 들지 않고
그저 소싸움 구경하듯이 하면 됩니다.

그런데 대다수는 엄마 편을 들기 때문에 아빠를 미워하게 되고, 아빠를 미워하다 보면 남자를 미워하게 됩니다. 그러다 결혼했는데 남편에게서 아빠 같은 습성이 조금이라도 나타나면 화가 나고, 그토록 싫어했던 엄마, 아빠의 불화를 자기도 모르게 닮게 됩니다. 부모에게서 자식에게로 똑같은 불화가 대물림되는 겁니다. 싫지만 반복되는 이것이 업業입니다.

이 업을 끊으려면 엄마, 아빠를 미워하기보다는 '부모님, 감사합니다. 어머니 아버지의 사랑을 몰라봐서 죄송합니다' 이렇게 기도해야 합니다. 기도하다 보면 부모에 대한 미움도 사라지고, 부모의 업이 자식 대에서 반복되는 대물림으로부터도 자유로워질 수 있습니다. 그러니 이런 부모 밑에서도 나는 행복하게 살 수 있다, 이런 이치를 알고 참회와 감사의 기도를 하세요.

어머니,
얼마나 힘드셨어요

저는 부모님에 대한 원망과 분노가 너무 큽니다. 심리상담도 받고 강연도 듣고 책도 읽어보지만, 그 분노가 제 안에서 사라지지 않습니다. 아버지는 돌아가셨고, 현재 어머니만 살아계십니다. 처음에는 어머니만 미워했는데, 공부하다 보니 지금은 아버지도 같이 원망하게 됩니다. 어떻게 하면 마음의 안정을 찾을 수 있을까요?

먼저 아버지를 원망하는 이유가 뭔지 이야
기해 보세요.

아버지가 저에게 엄마 욕을 많이 하셨어요.
저 혼자 엄마를 미워하는 것도 힘든데,
아빠가 저한테 엄마 욕을 하시니까
분노가 더욱 커졌고,
아빠가 엄마에 대한 미움만
가르쳐 주신 것 같아 너무 싫었습니다.

보통 덕을 본 사람은 상대를 원망하지 않
습니다. 어머니랑 자식 중에 누가 덕을 보고
누가 손해를 봤습니까? 자식이 덕을 본 게 훨
씬 많지요. 그런데 손해를 본 어머니가 자식
을 욕하고 원망하는 게 아니고, 덕을 본 자식
이 어머니를 원망하잖아요. 상식적으로 따져

보아도 이치에 맞지 않는 일이에요. 그런가 하면 아빠와 자식 중에 누가 엄마 덕을 더 많이 보았을까요? 아빠보다는 자식이 엄마로부터 더 많은 덕을 봅니다. 그렇다면 덕을 본 자식도 엄마 욕을 하는데, 덕도 안 본 아버지가 엄마 욕을 하는 건 어찌 보면 당연한 것 아니에요? 아버지 처지에서 보면 당연한 일인데, 그런 아버지를 원망할 아무런 이유가 없어요.

아버지가 내 앞에서 엄마를 욕한 게 잘못이라는 것은, 나는 엄마를 욕할 자격이 있지만 아버지는 엄마를 욕할 자격이 없다고 생각하는 것입니다. 그런데 세상 사람들은 남편과 아내가 서로 욕하는 게 바람직하지는 않지만 있을 수 있는 일이라고 생각합니다. 자식이 부모를 욕하면 안 된다고 생각하지요.

'내가 잘못했구나.

이치에 전혀 맞지 않구나'

하고 탁 놓아버려야 합니다.

정신이 올바른 사람이라면, 내가 그동안 잘 못 이해해서 부모님을 미워했는데 오늘 스님 하고 대화하다 보니 정말 얼토당토않은 짓이 었다는 것을 알아야 합니다. 아버지가 어머니 를 욕하기 때문에 내가 아버지를 미워한다는 것은 이치에 맞지 않는 말이에요.

그럼 엄마가 왜 미운지 생각나는 대로, 느 끼는 대로 한번 이야기해 보세요.

제가 태어나서 2년 동안 울기만 했대요.

애가 울기만 하니까

엄마가 잠도 못 자고 고생하셨던 것 같아요.
그런데 남동생한테는 한번도
짜증이나 화를 낸 적이 없는데,
아빠랑 안 좋은 일이 있거나
집안에 안 좋은 일이 있으면
모든 짜증과 화를 저에게 내셨어요.
그런데 제가 자식을 낳아 길러보니 저 역시
자식한테 화내고 짜증을 내는 거예요.
'아, 이게 대물림되는구나.
우리 엄마가 화내고 짜증내면서 나를 키워서
이런 게 나오는구나' 하는 생각이 들었습니다.
그래서 이 대물림을 끊으려고
심리상담도 받고 노력을 많이 했어요.

어렸을 때 엄마가 화를 많이 내고 짜증을
내면 아기한테 나쁜 영향을 주는 건 사실이

에요. 그런데 엄마가 자식을 나쁘게 하려고 일부러 짜증을 낸 게 아니라 자기 살기가 힘들어서 짜증을 낸 겁니다.

엄마 상황은 이해가 돼요.
아들을 못 낳아서 시댁에서는
밥도 앉아서 못 드셨다고 해요.

같은 여자 입장에서 생각해보면 엄마는 불쌍한 사람입니다. 시집와서 남편 사랑 제대로 못 받고, 시어머니한테 아들 못 낳는다고 구박받고, 어린애는 계속 울고 그러니까 그냥 몸부림을 친 거예요. 남편을 때릴 수도 없고, 시어머니에게 악을 쓸 수도 없고, 그저 어린애한테 악을 썼던 거예요. 물론 어머니가 잘했다는 말은 아닙니다. 어머니는 그때 상황에선 이렇게밖에 할 수가 없었던 거예요.

엄마가 아기 어릴 때
살기 어려워서 짜증을 내고 화를 내면,
자식도 짜증내고 화내는
카르마를 가지게 됩니다.

'좋다, 나쁘다' 하는 개념이 아닙니다. 엄마가 한국말 하면 자식이 한국말 하고, 엄마가 영어 하면 자식도 영어를 하는 것과 같은 이치에요. 다만 엄마가 편안한 마음으로 결혼생활을 했으면 자식도 편안했을 텐데, 엄마도 살기 힘든 환경에서 살다 보니 거기서 태어난 자식도 심리적 불안을 느끼게 된다는 말입니다. 그런데 이런 이유로 엄마가 자식을 사랑하지 않았다고 볼 수는 없어요.

오히려 시어머니도 어렵고, 남편도 좋지 않은 상황에서 엄마가 아픔과 슬픔을 견디고 버텨낸 것은 자식을 사랑했기 때문이에요. 오히려 엄마가 자식을 얼마나 사랑했는지를 알아야 해요. 그런데 다 키워놓고 보니 자식이 '엄마가 나를 잘못 키웠네, 밉네' 하니 엄마와의 갈등이 심해지는 거에요.

　그러니 이제부터 절을 하면서

'엄마, 얼마나 살기 힘드셨어요?
그 힘든 속에서도 나를 버리지 않고,
짜증나는 중에도
끝까지 버텨서 키워주셨으니
감사합니다.'

이렇게 기도를 해야 해요. 엄마가 얼마나 헌신해서 나를 키웠는지 알면 저절로 치유됩니다. 지금 엄마가 얼마나 고생했는지 모르기 때문에 엄마를 미워하고 원망하는 거에요. 어릴 때는 한쪽 면만 보고 그런 생각을 할 수 있지만, 이제 다 컸으니까 엄마가 얼마나 고생했는지 다독거려 주고, 감사 표현도 해보세요. 그러다 보면 자기치유가 됩니다. 그러니 여러분은 부모를 원망하는 일은 하지 말아야 합니다.

직업군인으로
살아가기가
힘이 듭니다

군인으로 살면서 포기해야 할 게 너무
많습니다. 가족과 함께 행복하게 살고 싶은데
가족과 함께 보내는 시간이 늘 부족합니다.
또 가족이 필요할 때 옆에 있어 주는 게
행복한 삶이라고 생각하는데 그럴 수 없고,
가족들과 해외에서 시간을 보내고 싶은데
그게 어려워 속상합니다.
'괜히 직업 군인이 된 게 아닌가' 하는
생각이 들어 괴롭습니다.

군인이라서 못하는 것이 많다는 것은 이해가 되는데, 저는 스님이라서 못하는 게 군인보다 더 많아요. 하지만 스님들은 세속생활보다 더 행복하기 위해서 출가합니다.

사람들은
내가 하고 싶은 대로 하는 걸
행복이라고 여기는데 잘못된 생각입니다.
물고기가 낚싯밥을 무는
그 순간은 행복하지만
그게 죽음으로 가는 길이잖아요.

군인이 일반 직장인들보다 월급은 적고, 또 언제든지 호출받을 가능성도 있습니다. 그러나 직장을 다니는 친구들과 비교해보면 군인들은 심리적 압박을 덜 받잖아요. 대기업에 다니면 돈을 많이 받는 만큼 돈값을 해야 해요. 돈을 많이 받는 만큼 심리적인 압박도 훨씬 커요.

일반인들이 집에서 출퇴근해서 매일 가족들과 함께 하는 시간이 많을 것 같지만, 실제로는 군인보다 더 적을 수도 있어요. 새벽 일찍 출근해서 밤늦게까지 야근하고 거기에 술 한잔하면 12시나 돼야 집에 들어와요. 그리고 숙취도 해소되지 않은 상태에서 다시 새벽에 출근하는 일과입니다. 가족과 보내는 시간이 군인들이 적다고 하지만, 실제로 정말 그런 것인지 한번 살펴봐야 해요.

그러나 직장의 안정도는 군인이 훨씬 높잖아요. 정년이 보장되니 평생 월급을 받으며 생활할 수 있고, 전역한 후에는 군인 연금으로 안정적으로 살 수 있고요.

군인이어서 해외에서 시간을 보내는 게 어렵다고 했는데, 대한민국 사람들 가운데는 돈이 없어서 해외에 못 가는 경우도 많습니다. 나보다 형편이 좋은 사람들과 비교하면 내가 못하는 것만 보이지만, 나보다 훨씬 못 한 사람들도 많아요.

꼭 해외에서 시간을 보내고 싶으면
대사관이나 해외 파견 업무를
지원하면 되고

아니면 전역한 후에도 충분히 해외에 나갈 수 있어요. 이 세상은 자기가 원하는 대로 다

안 돼요.

평소에 여러분이 스님이라고 삼배하고 우러러보지만, 스님이기에 여러 자유를 속박받기도 해요. 학교 선생님들도 마찬가지예요. 선생님이기 때문에 아이들의 모범이 돼야 한다는 속박을 받게 돼요. 이게 바로 직업윤리예요. 세월호 사고에서 선장이나 선원들이 국민의 손가락질을 받았던 이유도 바로 이 직업윤리 의식이 부족했기 때문이에요. 우리나라는 개인윤리 의식은 뛰어납니다만 직업윤리 의식은 굉장히 부족합니다.

그 정도의 속박은 군인이면 받아들여야 해요. 그 속박이 불편하다면 군인을 그만둬야 합니다.

가족과 함께 하면 좋은 것 같지만,
지금처럼 자주 못 보기 때문에
더 애틋할 수 있어요.

가까이 못 있어서 더 그리운 거예요. 은퇴한 남편이 집에 있으면 대부분 부부가 싸웁니다. 적당히 떨어져서 아쉬움이 있어야 정성을 더 들이게 됩니다.

양적으로 가족과 더 많은 시간을 보내는 것이 중요한 것이 아니라, 같이 있는 동안 잘해주고, 함께 기쁨을 느끼는 게 훨씬 더 중요합니다. 집에 같이 있으면서 짜증을 내고, 성질부리는 것보다는 떨어져 있다가 가끔 볼 때 잘하면 가족의 소중함이 더 커질 수 있습니다.

일상적인 대화가
어렵습니다

저는 사람들과 일상적인 대화를 나누는 것이 부담스러울 때가 많습니다. 말수가 적은 편이고, 제가 관심 있는 몇 가지 외에는 주위에 관심을 두지 않고 살아서인지 상식도 많이 부족한 편입니다. 여럿이 나누는 대화의 내용을 잘 알지 못해서 말수가 줄고, 때때로 들러리 같은 느낌이 듭니다. 주로 이야기를 듣고, 물어오는 질문에만 대답하는 편입니다. 누군가와 둘이 있을 때는 내가 너무 말이 없어 상대가 불편할 것 같아 그 자리를 피하고 싶기도 합니다. 친척들과도 무슨 말을 해야 할지 몰라 어색하고, 친하지 않은 친구나 회사 동료들과의 자리가 불편해서 피하고 싶을 때도 많습니다. 저는 누군가와 이야기할 때 저도 편하고 상대에게도 편안함을 주는 사람이 되고 싶습니다.

그건 욕심입니다. 어미 소와 송아지, 수소와 암소, 암염소와 숫염소, 암탉과 수탉이 그렇게 다정하게 얘기합니까? 싸우지도 않지만 다정하게 얘기하지도 않습니다. 질문자가 남하고 알콩달콩 얘기하고 싶으면 그렇게 하면 되고, 안 하고 싶으면 안 하면 됩니다. 아무런 문제가 없습니다. 질문자는 지금 남이 알콩달콩 얘기하는 게 부러워서 그러는 겁니다.

지금 세상은 들어주는 사람이 부족하지, 말하는 사람이 부족한 경우는 없습니다. 모두 자기 얘기만 하려고 하는데,

질문자는 다소곳이 들어주니까
오히려 장점이 있는 거예요.
그렇기 때문에 아무 문제가 없어요.

107

문제가 있다면 말하고 싶으면 하면 되는데, 하지 않으면서 바라기만 한다는 거예요. 아무 장애도 없어요. 그냥 남하고 얘기하고 싶으면 하면 되고, 하기 싫으면 안 하면 됩니다. 문제가 없는 걸 지금 문제 삼고 있는 게 문제라고 할 수 있어요.

인생은 자기 좋을 대로 살면 됩니다. 다만

우리가 살아가는 환경적인 조건에서 다섯 가지는 유의해야 합니다.

첫째, 남을 해치면 안 돼요. 자기 마음껏 살 권리는 있지만 남을 죽이거나 때릴 권리는 없습니다. 둘째, 남의 물건을 훔치거나 빼앗으면 안 됩니다. 각자 이익을 추구할 권리가 있지만, 남에게 손해 끼칠 권리는 없습니다. 셋째, 성추행이나 성폭행은 안 됩니다. 즐거움을 추구할 권리는 있지만, 남을 괴롭힐 권리는 없습니다. 넷째, 말할 권리는 있지만, 상대에게 욕설하고 거짓말할 권리는 없습니다. 다섯째, 술 먹을 권리는 있지만, 술 먹고 행패 부릴 권리는 없습니다. 이 다섯 가지 말고는 어떤 행동을 해도 남 눈치 볼 것 없고, 또 남이 어떤 행동을 하건 간섭할 필요가 없습니다.

여러분은
남의 눈치를 너무 보고 사니까
불편하고,
상대를 너무 간섭하니까
피곤한 거예요.

호불호가 너무 강해서
걱정입니다

저는 호불호가 굉장히 강하고
칼 같은 면이 있는 성격이에요.
이런 제 성격이 아주 싫지는 않습니다.
다만 사람을 한번 좋아하면 굉장히 좋아해서
잘해주려고 하지만 싫어하는 사람은
칼같이 끊어내거나 융통성 있게 대하지 못해서,
앞으로 직장생활이나 사회생활을 할 때
힘들지 않을까 걱정됩니다.
이런 성격을 가지고 앞으로 사회생활을
잘해나가려면 어떻게 해야 할까요?

한마디로 말해서 제 성질대로 산다는 거지요. 성질대로 살면 그 대가로 과보를 받으면 됩니다. 욕도 좀 먹고, 적도 좀 만들면 돼요. 성질대로 살면서 아무 일도 없을 수는 없으니까요. 돈을 빌렸으면 빚을 갚아야 하고, 빚이 갚기 싫으면 어려워도 빌리지 말아야 하는 것처럼요.

자기 성질대로 살면

반드시 과보가 따릅니다.

비난도 따르고 적도 생기고

떠나는 사람도 생기고

평판도 안 좋아지겠지요.

그런데 이것이 꼭 나쁜 것만은 아니에요. 똑똑하다, 주관 있다는 긍정적인 평가도 있습

○인연과보의 법칙

과보 (果報)

니다. 성질 더럽다, 화합이 안 된다, 배신한다
는 부정적인 평가가 나오면 그걸 과보려니 여
기고 받으면 됩니다. 혼자 살 때 좋은 점과 나
쁜 점이 있고, 결혼해서 살 때 좋은 점과 나쁜
점이 있는 것과 같은 이치예요.

즉, 선택의 문제입니다. 자기 성질대로 살아
서 과보를 받을 것인지, 과보를 안 받기 위해
서 성질내지 않고 스트레스를 받을 것인지를
선택해야 합니다. 우선 생긴대로 살아보고, 과
보가 너무 심하거나 손해가 크면 성질을 좀
죽여야 해요. 연애를 예로 들어볼게요. 처음
에는 똑똑하니까 남자들이 좋아하는데, 성질
을 알면 오래 가지 않아 그 마음이 떠나가기
쉬워요. 그러면 다른 남자를 사귀면 됩니다.
너무 연연할 필요 없어요.

성질대로 다 하며 살 수도 없고,
너무 성질을 죽이고 살 수도 없습니다.
적절하게 배분하는 것이 수행입니다.

여러분이 성질대로 산다고 하면, 스님이 성
질대로 살지 말라고 할까요? 스님은 자기 좋
을 대로 살라고 합니다. 그런데 성질대로, 하
고 싶은 대로 사는데 왜 괴로울까요? 자기가
좋아서 결혼했으면서 결혼생활이 힘들다 하
고, 가게 차리고는 힘들어 죽겠다 하고, 겨우
취직해서는 직장생활 못 하겠다 하고, 대학
가서는 공부가 힘들다고 해요. 스님이 되어서
도 아침에 일어나려니까 졸려서 힘들다, 참선
하려니 허리가 아프다, 염불하려니까 목이 아
프다, 절하려니 다리가 아프다 합니다. 이건
모순이에요.

우리 인생이 그렇습니다.
무엇을 선택하든 자유지만,
선택에 책임을 져야 합니다.

그런데 여러분은 선택을 해 놓고 결과에 책임을 안 지려고 해요. 특정한 사람과 애인 관계나 결혼 관계를 맺지 않으면 오늘 이 사람 만나고 내일 저 사람 만나도 괜찮아요. 그런데 내가 특정한 남자나 여자와 사귀자고 정했으면, 이 남자 저 남자, 이 여자 저 여자 마음대로 만나면 서로 기분이 상합니다. 그러면 속박이 느껴지지요. 그러나 이 속박을 감수해야 합니다.

연애 하려면
속박을 감수해야 하고,

속박을 받기 싫으면
특정한 사람하고
연인이나 부부 관계를
맺지 말아야 합니다.

어떤 게 '좋다, 나쁘다' 할 수 없어요. 그런데 여러분은 혼자 있으면 외롭고 둘이 있으면 귀찮고 그렇지요? 이래도 안 되고 저래도 안 되는 자기모순에 빠져서 그래요. 그러니 자유롭게 선택하되, 그 선택에 책임만 지면 됩니다.

저는
꿈이 없어요

사람들은 제가 꿈이 없다고 해요.
근데 제 꿈은 남들이 뭐라 하든
행복하게 사는 거예요. 지금도
하루하루 즐겁게 사는 게 만족스러운데요,
옆에서 계속 '꿈이 없다',
'직장은 어디 다닐 거냐' 하면서
교수님이나 친구들이 계속 압박을 넣어요.
그러면 제가 좀 위축이 되는 것 같아요.
스님께서 이렇게 생각하는 저를
괜찮다고 위로해주시면 좋겠습니다.

여기 금이 있다고 칩시다. 금이 아닌 것을 보고 '이거 금만큼 좋다', '금 같다' 하면 위로가 되고 칭찬이 되지만, 금을 보고 '금 같다'고 하는 것은 칭찬이 아니에요. 또 금을 두고 '금 아닌 것 같다'고 해도 금은 위축되지 않아요. 질문자는 스님한테 괜찮은 사람이라는 칭찬을 요청했지만, 스님이 보니까 괜찮은 사람이기 때문에 위로할 필요가 없습니다. 칭찬하면 흉이 되니까요.

옛날에 제가 학교 다니던 시절에는 먹고살기가 힘들었어요. 그런데 친구들 중에는 '유명한 음악가가 되겠다', '운동선수가 되겠다' 하는 애들이 있었어요. 부모나 학교 선생님들은 먹고살기 어렵다며 그런 꿈을 버리게 했습니다. 그래서 꿈이랑 상관없는 상대나 공대를 갔지만, 돈도 벌고 지위가 높아진 다음에 원래 좋아했던 음악이나 미술, 운동을 취미로 하는 경우가 많습니다.

그런데 요즘은 시대가 바뀌었습니다. 미술을 하든 음악을 하든 운동을 하든 굶어 죽을 일은 없어요. 그래서 저는 이거 해도 밥 먹고 살고 저거 해도 밥 먹고 살 바에야 차라리 하고 싶은 것을 해보라고 권유합니다. '꼭 하고 싶으면 한번 해 봐라. 그거 한다고 굶어 죽진 않는다. 나름대로 꿈을 가지고 젊은이들이 도전해 보는 건 좋다', 이렇게 말하지요. 그리고 부모나 학교 선생님들도 꿈이 있는 사람에게는 한번 해 보라고 격려합니다. 그런데 요즘에는 오히려 세상이 바뀌어서 특별히 하고 싶은 게 없는 사람을 문제아처럼 생각해요.

특별히 하고 싶은 게 없는 건
좋은 겁니다.
특별히 하고 싶은 게 없으니
아무거나 해도 되고,
직업 선택의 자유도 넓어지니까요.

예전에는 꿈을 가지는 것이 장애였지만, 이
제는 꿈을 가지는 게 좋은 것이고, 꿈을 가지
지 않은 사람이 문제아가 되는 시대입니다. 초
등학생이나 중학생에게 정말 하고 싶은 게 무
엇인지 물으면 열 명 중에 두세 명이 어떤 일
을 꼭 하고 싶다고 해요. 그러니 옛날에는 두
세 명이 괴로웠다면, 지금은 일고여덟 명이 괴
로운 시대가 되었다고 볼 수 있습니다.

많은 젊은이가 '저는 무엇이 하고 싶은지

모르겠어요', '저는 꿈이 없어요', 이런 하소연
을 합니다.

> 꿈은
> 억지로 가지는 게 아니라
> 저절로 생기는 거예요.

이것저것 경험하며 살다 보면 해보고 싶은
일이 생길 수 있어요. 생기면 해보면 되고 안
생기면 아무거나 하면 됩니다. 토끼나 노루가
꿈을 쫓지 않아도 잘 사는 것처럼요.

꿈은 있어도 좋고 없어도 좋은 겁니다. 그런
데 지금 여러분은 꿈이 없는 것을 문제 삼는
시대에 와 있어요. 옛날에는 꿈을 가지는 게
문제였다면 지금은 꿈이 없는 게 문제가 되는

시대란 말입니다. 하지만 꿈이 있다, 없다 하
는 문제는 중요한 게 아닙니다. 그런 말에 신
경 쓸 필요도 없어요. 자기를 괜찮은 사람이
라고 누가 말해 줄 필요도 없습니다. 나 스스
로 괜찮은 사람인데, 남이 그런 말을 하든지
말든지 신경 쓸 필요가 없어요.

남의 칭찬에 얽매이는
노예가 되지 말고
자신감을 가지기 바랍니다.

작심
삼일

저는 뭔가 하려고 하면 처음에는
단단히 의지를 갖추고 시작하지만, 3~4일만
지나면 처음에 있었던 의지도 사라지고,
하고 싶다는 강한 마음도 사라집니다.
어떻게 해결할 수 있을까요?

'작심삼일'이라는 말이 있습니다. 많은 사람
이 결심을 하고 3일쯤 지나면 흐지부지되는
게 대부분이어서 이런 말이 생긴 거예요. 그
러니 질문자만이 아니라 이 세상 모든 사람
이 그렇다고 볼 수 있습니다.

그런데 3일쯤 지나면 왜 흐지부지되는 걸까
요? 하고 싶은 것을 했는데 왜 사흘 만에 그

만둘까요? 사실은 하기 싫은데 어떤 필요에
의해서 어떤 당위로 했을 때, 그 결심은 싫은
감정을 3일 이상 이기지 못하고 굴복한다는
말입니다.

그렇다면 3일을 넘기려면 어떻게 해야 할까
요? 사흘쯤 지나면 으레 흐지부지되는 것이
니 당연하게 여길 수도 있지만, 일반적인 상
황을 뛰어넘고 싶다면 이렇게 해볼 수 있습니
다. 처음부터 100일을 목표로 하면 너무 힘이
드니까 1주일 정도를 1차 목표로 잡습니다.
그다음 2차 목표는 한 달로 잡고, 3차 목표는
석 달이나 100일로 잡아가면서 기간을 늘려
가는 겁니다. 이렇게 '일주일 동안 했구나', '한
달 동안 했구나' 하면서 성공 사례를 만드는
것이 굉장히 중요합니다.

그런데 대게는 실패 사례밖에 없습니다. 왜 그럴까요? 목표를 너무 크게 잡기 때문입니다. 방학 시작할 때 세운 계획을 방학 끝날 때 이룬 사람이 없는 것은 목표를 너무 크게 세웠기 때문이에요. 방학할 때 '숙제만 한다' 이렇게 목표를 세우면 달성하기가 쉬운데 숙제는 너무 당연하고 거기다 추가로 너무 많은 계획을 세우니까 실패하게 됩니다.

그러니 3일도 못하면서 100일을 목표로 삼지 말고, 절을 하든지 운동을 하든지 일단 일주일을 해봅니다. 그래서 실천하면, '하면 되는구나'라는 성공 사례를 만들고, 다음 목표로 2주를 도전해 보는 거예요. 안 되면 다시 도전해서 2주 장벽을 넘고 '하면 되는구나' 하면서 한 달을 도전하고, 석 달을 도전해서

100일을 해보면 새로운 습관이 붙습니다.

똑같은 일을
100일 동안 반복하면
새로운 습관이 되고,
지속하기도 굉장히 쉬워집니다.

처음부터 목표를 너무 높이 정하면 성공하기가 어렵습니다. 제가 지금 100미터 달리기를 하면 25초쯤 걸릴 것 같습니다. 그런데 100미터를 25초에 달리는 제가 올림픽 선수들이 내는 10초대의 기록을 따라잡겠다는 목표를 세우면 어떻게 될까요. 석 달을 연습해도, 3년을 연습해도, 30년을 연습해도 성공 못 합니다. 그러다 보면 '나는 못난이다, 나는 안 되는 사람이다' 이렇게 생각하고 자학하게 됩니다.

그런데 제가 23초를 목표로 한 달을 연습하면 가능할까요? 그 정도는 한 달 연습하면 성공할 수 있겠지요. 그러면 '하면 되는구나!' 생각하고 다시 석 달을 연습하면 20초도 성공할 수 있겠지요. 그다음에는 18초를 목표로 1년간 연습해서 성공하면 자연히 '하면 되는구나, 나도 되는구나!' 이렇게 자기 자신에 대한 믿음이 생겨 성공할 확률이 점점 높아집니다.

대개 욕심이 많아서 목표를 너무 높이 설정하는 바람에 자신을 믿지 못하게 되고, 실력이 괜찮은데도 열등의식을 가집니다. 성공해 본 경험이 없기 때문입니다. 그러니 조금

만 노력해도 성공할 수 있는 1차 목표를 정
해서 해보세요. 그런 다음 1차로 시도하고,
목표를 조금씩 높이면서 '하면 되는구나!' 하
는 성공 사례를 만들어 가면 됩니다. 이렇게
세 번쯤만 해보면 자신을 신뢰할 수 있게 됩
니다.

사회에 나가
생활할 일이
막막해요

저는 전역이 한 달 정도밖에 안 남았는데,

전역 후 진로가 고민입니다.

아직 뭘 하고 싶은지도 잘 모르겠고,

밖에서 하던 공부를 계속하자니

적성에 안 맞는 것 같고,

입대할 때에도 진로를 어떻게 할지 몰라

도피하듯이 입대했는데,

막상 전역 때가 되었는데도

변한 것이 없는 상태입니다.

전역하는 날까지는 전역을 생각하지 마세요. 다시 이야기하면, 전역하는 날 아침까지 '전역하면 뭘 할까?' 하는 생각을 하지 말라는 것입니다. 하지 말라고 해도 물론 생각이 날 것이고 고민하게 됩니다. 그건 저도 알고 있습니다.

전역한 뒤를 생각해 보세요. 군대에 있을 때는 지긋지긋한 곳이었을지 몰라도 전역하고 나서 1년이 지나고 5년이 지나고 10년이 지난 뒤에 돌아보면 좋았던 점이 있을까요, 없을까요? 남자들이 군대에 있을 때는 힘들어해 놓고 나중에 남자끼리 모여서 술 마시면 군대 이야기밖에 안 해요. 누가 더 힘들게 군대 생활했는지, 누가 더 호된 얼차려를 받았는지 경쟁하듯이 말해요. "야, 그런 걸 얼차려라고…" 이러면서 군대 생활을 추억해요.

지금은 힘든 시간이지만
시간이 지나고 뒤돌아보면
다 추억이 돼요.

왜 그럴까요? 군대 생활이 힘들지만, 누군
가 의도적으로 나를 나쁘게 만들려고 하는
것은 아니기 때문이에요. 얼차려를 받거나 힘
든 일들이 있을 때는 '야, 저 누구누구는 진
짜 독종이다. 나만 괴롭힌다' 이런 생각이 들
어서 '두고 보자. 내가 사회에 나가면 너를 용
서해 줄 것 같으냐? 반드시 찾아가서 복수할
거야!' 하는 생각도 해요. 그런데 제대하고 나
가면 그런 생각들이 까마득하게 없어져 버려
요. 나중에 군대 생활을 돌아보면 '군대 있을

때 운동을 좀 확실하게 할 걸. 친구들을 좀 더 사귈 걸…' 하는 후회도 생겨요.

지금 '전역하면 뭘 할까?' 하는
공상을 아무리 해봐도
제대하고 나가면
별로 도움이 되지 않아요.

지금까지는 적당히 보냈다고 하더라도 '제대할 때까지 여기 군대에서만 할 수 있는 일이 무엇일까, 군대 안에서만 할 수 있는 일, 나가면 할 수 없는 일, 이 안에서만 가능한 일이 무엇일까'를 생각해 보고 그것을 충실하게 해보세요.

훈련이 있다고 하면 선임이라고 빠지지 말

고 운동 삼아 해보세요. 군대에 처음 들어왔을 때는 '상급자가 욕 안 하고, 기합 안 주고, 잘 가르쳐주면 좋을 텐데'라는 생각이 들었죠? 그런데 상급자가 되고 보니 '후임들이 욕을 안 하면 말을 안 듣는다'고 생각하게 되잖아요. 그러니 초심으로 돌아가서 '후임에게 욕을 안 한다', '조금 마음에 안 드는 점들이 있어도 욕은 안 한다', '훈련을 받을 때도 운동이라고 생각하며 열심히 한다' 이렇게 본인이 할 수 있는 일을 찾아 충실하게 하는 것이 좋습니다.

저도 학교 다닐 때 마음에 안 드는 선생님 수업시간에는 영어 시간에 수학책을 펴고 공부한다든지, 수학 시간에 영어책 꺼내놓고 공부를 한다든지 하는 경우가 있었어요. 그런데 그렇게 선생님 눈치를 봐가며 공부하는 게 집중이 되겠어요? 안 된단 말이에요. 자기 딴에는 공부를 하는 것 같지만 효율이 떨어져요. 지금 하는 수업에 집중하는 것이 가장 효율적이에요.

그런 것처럼 군대에서는 군대 일을 충실히 하는 것이 가장 효율적이란 말이에요. 이곳에서 남은 한 달을 전역 후의 일만 생각하며 지낸다면 인생살이에서 한 달을 낭비하는 것과 같아요.

한 달을
군대에서만 할 수 있는 일을 찾아
부지런히 한다면, 본인에게
가장 소중한 시간이 될 겁니다.

그러니 '전역 후에 무엇을 할까?' 그런 생각하지 말고, 군이 자꾸 떠오른다면 '전역하면 법륜 스님 찾아간다. 문경으로 찾아가서 수련을 한번 해본다' 이렇게 한번 생각해 보세요. 그렇게 수련을 하고 나면, 어떻게 살아야 할지 자기 점검이 돼요. 지금 여기서 나중 일을 백 번 생각해도 그것은 다 번뇌에 불과해요. 공상에 불과하다는 말이에요. 아무 소용이 없어요.

이제부터는 후임병들한테 잘해주고, 친구들한테도 잘해줘서 인기도 끌어보세요. 군대에서의 선후임 관계를 떠나 인간으로서 '그 사람 참 괜찮은 사람이더라'라는 소리를 들을 수 있도록 한 달이라도 생활하고 운동도 열심히 하고 훈련도 열심히 받아보세요.

예전에 제가 예비군 훈련을 하러 갔을 때 지휘관이 굉장히 머리가 좋았어요. 훈련 열심히 하는 예비군은 별로 없잖아요. 하도 느리고 굼뜨니까 지휘관이 체육복을 가지고 오라고 했어요. 체육복을 갈아입고 훈련을 하니까 사람들이 운동이라고 열심히 하는 거예요. 군복을 입히면 농땡이를 치는데 체육복을 입혔더니 아주 열심히 하는 것이었어요. 똑같은 일인데 인간의 심리가 그렇다는 거예요. 강제라고 느껴서 수동적으로 임하면 매사가 귀찮고 하기 싫지만, '운동 삼아 한다. 하고 싶다' 이렇게 마음을 적극적으로 가지면 군대 생활도 즐거운 일이 됩니다.

여러분 모두가 그렇습니다. 제대가 얼마 안 남은 분뿐만 아니라, 이제 막 군 생활을 시작

하는 분들에게도 해당하는 이야기입니다. 여기서 여러분이 '이 세월을 어떻게 때우느냐?', '2년을 어떻게 보내느냐?' 이렇게 생각하는 것은 자기 인생을 죽이는 셈이 되는 거예요.

**이 안에서 할 수 있는 일을
적극적으로 해보세요.
훈련도 운동을 하듯이 적극적으로 하고,
생활관 생활도 더 규칙적으로 하고,
무엇이든지 마음을 내어서
더 적극적으로 하세요.**

뭐든지 마음을 적극적으로 내세요. 상사가 시켜서 어쩔 수 없이 한다고 생각하면 늘 누군가에게 끌려다니는 존재가 되고 말아요. 마음을 좀 더 적극적으로 내보세요.

성경에 나온 말씀처럼

'왼뺨을 때리면 오른뺨도 대주어라',

'5리를 가자고 하면 10리를 가주어라',

'겉옷을 달라 하면 속옷까지 벗어주어라.'

이렇게 모든 것을

적극적으로 생각해야 합니다.

이렇게 마음을 내면 자기에게 주어진 삶을 보람 있게 보내게 됩니다. '이제 한 달밖에 안 남았네. 이곳에 좀 더 있어야 하는데', 이런 마음으로 생활하세요. 여기 계신 법사님은 전역했는데도 며칠 더 남아서 법당 일을 도와주고 있어요. 그러면 일이 굉장히 즐거워져요. 의무적으로 하는 것이 아니라 이렇게 적극적으로 나서서 하면 본인의 일처럼 느껴져요. 할 수 없이 군대에 와서 의무적으로 하는 게 아니고 자신에게 주어진 삶을 늘 적극적으로 살아야 합니다.

사람들이 무엇 때문에 일을 하나요? 돈을 벌기 위해 일을 한다고 생각하지요. 무대 위에서 춤추는 사람이 있고 무대 밑에서 춤추는 사람들이 있는데, 무대 위에서 춤추는 사람들은 전문 댄서들입니다. 그 사람들은 돈을 받고 일을 합니다. 그런데 무대 밑에서 춤추는 사람들은 돈을 내고 들어와 춤을 춥니다. 똑같이 춤을 추는데, 돈을 내고 춤추는 사람은 논다고 하고 돈을 받고 춤을 추는 사람은 일한다고 합니다.

똑같이 춤을 추는데
돈을 받으면 노동이 되고,

돈을 주면 놀이가 되는 거지요.

두 사람이 밭에서 똑같이 일하는데 누가
주인이고 누가 객일까요? 일 끝나고 "고맙습
니다" 하고 말하는 그 사람이 주인입니다. 또
돈을 주는 사람이 주인입니다.

오늘날 우리의 마음가짐이 어떤가요? 어쩔
수 없이 종이 된 게 아니라 스스로 종이 되기
를 원해요. 주인이 되려고 하지 않아요. 사랑
하는 사람이 아니라 사랑받는 사람이 되려고
하고, 베푸는 사람이 아니라 도움받는 사람
이 되려고 하고, 이해하는 사람이 아니라 이
해를 받으려고만 하니까 스스로 종이 되는
거예요. 군대도 마찬가지입니다. 군대에 와서
시키니까 어쩔 수 없이 한다고 생각하면 2년

동안 강제 노역하고 강제 훈련하고 노예 생활
을 하는 종이 되어버리는 거예요.

요즘에는 보통 한 집안에 형제가 둘 아니면
외동이지요. 그렇게 혼자 자라다가 사회에 나
가면 사회 적응을 잘 못해요.

군대 와서 여러 사람과 함께 지내보면
성격도 다르고 취미도 다르고
취향도 다르죠.
이런 체험은 돈 주고도 못 하는데
군대에서는 배울 수 있어요.

군대 밥은 집에서 먹던 음식보다 더 못한데
도 몸이 건강하잖아요. 군것질이 몸에 안 좋
다는 것, 규칙적으로 식사하고 운동하면 건강

이 좋아진다는 것을 배울 수 있게 돼요. 이렇게 적극적으로 생각하면 여기서만 배울 수 있는 것들이 너무 많다는 걸 알 수 있지요. 그러니 억지로 군대 생활하지 말고 마음을 적극적으로 내서 해야 해요.

제가 군대에서 처음 훈련받을 때 이런 일이 있었어요. 처음 들어와서 며칠 훈련을 받으니까 완전히 죽을 것 같았어요. 다리에 근육이 심하게 뭉쳐서 앉지도 서지도 못할 지경이었어요. 너무 아파서 소대장에게 "도저히 힘들어서 못 하겠습니다. 앉았다가 일어서지지 않습니다"라고 했어요. 그러자, 소대장이 "그래?" 그러면서 제 두 어깨를 딱 잡더니 콱 눌렀다가 콱 세우면서 "이래도 안 돼?"라는 거예요. 처음에는 '뭐 이래 독한 놈이 있나'라고 생각

했어요. 그런데 다시 돌아보니 몸이 안 되는 것이 아니라 마음이 안되었던 것이에요. 그 순간에 '안 된다. 힘들어서 죽어도 못 하겠어!'라는 생각에 사로잡힌 거지요. 그 상황에서는 사로잡혔다는 사실을 몰라요.

3천 배 절할 때도 그래요. 사람들이 천 배쯤 하다가 "아이고 스님, 죽어도 못 하겠어요" 하면 제가 이렇게 말해요. "그래? 그러면 한번 엎드려 봐라. 죽었나, 안 죽었나?" "안 죽었는데요." "그래? 그러면 다시 일어나 봐라." "죽었나, 안 죽었나?" "안 죽었는데요." "그래, 그렇게 하면 된다. 엎드려 보고 안 죽었으면 일어나고, 일어나서 안 죽으면 엎드리고 하면 된다." 죽어도 못 하겠다고 할 때 그렇게 이야기해 줍니다.

주어지는 어떤 것이든
유리하게 전환할 수 있는 힘,
이것이 수행이에요.

군 생활이 6개월이 남았든 1년이 남았든 2년이 남았든 자기에게 주어진 삶을 긍정적으로 바라보고 적극적으로 임하면 그것이 엄청난 영양분이 됩니다. 그렇게 언제나 자기를 행복하게 하는 쪽으로 살아야 해요.

설령 회사가 부도가 났다고 해도 웃을 수 있어야 합니다. 작은 부도로 큰 부도를 미연에 막을 수 있으니까요. 우리에게 닥치는 어떤 사건이란 안 일어난 경우와 비교하면 나쁜 일이지만, 더 큰 사건을 예방할 수 있다고 생각하면 좋은 일이 될 수도 있어요. 사건 자체가 아니라 그 사건을 어떻게 받아들이느냐가 중요한 거예요. 그렇기 때문에 훌륭한 인생을 사는 사람이 되려면 일어난 일을 스스로 유리하도록 전환시킬 줄 알아야 해요.

제대가 한 달 남았다고 무료하게 보내면 안 돼요.

한 달은 엄청난 긴 시간입니다.
열두 번도 더 깨달을 수 있는 기간이에요.

만약에 고문을 당한다고 생각해 보세요. 한 달이 얼마나 긴 시간일까요. 그러니까 그 한 달을 정말 보람 있게 보내야 합니다. 낭비하지 마세요.

연애는 자유롭게
결혼은 현명하게

저는 연애에 관심이 많은
스물일곱 살 청년입니다.
스님께서는 이성을 알아갈 때 상대를 처음부터
어떻게 해보겠다는 생각을 가지거나 결론을
빨리 내려는 욕심을 버리라고 하셨습니다.
저는 매력적인 이성을 만나면
상대방과의 관계를 빨리 진행하고 싶은 마음에
이성적인 판단이 흐려지곤 합니다.
이러한 욕망을 제어할 방법을 알고 싶습니다.

자기 성질을 스스로 고칠 수 있겠어요? 청
년은 아직 젊잖아요. 그러니 쥐약을 먹는 듯
한 경험을 몇 번 더 해보는 게 나을 수도 있
어요. 진짜 쥐약처럼 독해서 죽으면 할 수 없
고, 안 죽으면 그때 정신 차리고 결혼할 사람
을 사귀어도 되지 않을까요?

내 마음에 딱 드는 사람과 죽도록 연애해보
는 것도 한번 해볼 만한 일이에요. 젊을 때 그
런 불같은 사랑을 한번 해보고 나면 나중에
미련이 없어지지요. 그러니까 괜찮아요, 한번
확 해버리세요. 지금 자기는 불같은 사랑을
해도 특별히 손해날 게 없잖아요. 그러니 성
질대로, 감정대로 해도 괜찮아요. 그러다가 쥐
약도 한번 먹어보고, 토하기도 하고, 병원에
실려 가 보기도 해야, 스님이 말하는 '쥐약'이

151

뭔지 절절히 느끼게 될 거예요. 이삼십대는 안 겪어서 스님이 '쥐약이다' 그러면 '스님 말이 맞나?' 의심이 들고, 스님 법문을 회의적으로 바라보죠. 하지만 오륙십대가 되면 쥐약 먹고 데굴데굴 구르기도 하고 병원도 다녀온 경험이 있어서 스님 법문에 대한 신뢰가 굉장히 높습니다.

대신에 시험삼아 해보더라도 아기가 생기면 남녀문제가 아니라 생명을 책임지는 문제로 바뀌어요. 전혀 차원이 다른 문제입니다. 연애 자체는 자유롭게 해도 되지만 아기가 생기면 여성과 남성의 권리보다 부모로서의 책임이 더 중요하게 돼요. 부모로서 아기를 보호해야 하는 책임이 생기기 때문에 이 부분은 유의해야 해요. 남녀는 평등하지만 아이와

어른 사이는 평등한 게 아니에요. 어른은 어린아이에게 무한한 책임을 질 의무가 있어요. 그러니 아기가 생긴다면 부모의 책임을 회피해서는 안 됩니다. 이런 경우가 아니고서는 부부지간이든 남녀 간이든 상대가 다른 사람 만나러 가면 울며 매달릴 필요 없어요. '그래, 그동안 덕분에 즐거웠습니다. 감사합니다!' 이렇게 딱 마음을 내고, 다시 마음에 드는 이성을 찾으면 돼요. 이렇게 세 번쯤 해보면 '아, 눈에 좋은 게 꼭 먹기 좋은 건 아니구나'를 딱 알게 돼요. 이렇게 느끼면 생각을 바꾸게 돼요.

사실 쥐약을 먹고 데굴데굴 구르는 경험이 세 번은 넘었습니다.

그래도 괜찮아요. 좀 더 해봐도 돼요. 다만, 결혼과 연애는 좀 달라요. 결혼과 연애를 혼동하면 안 돼요. 둘은 비슷한 것 같지만 전혀 다른 문제에요.

연애는
좋아하는 감정이 기본이에요.
좋아하는 감정에는
나이 차이가 스무 살이 나도 되고
인종이 달라도 되고
뭐든지 상관없어요.

사람 감정이라는 건 민족도 넘어서고 인종도 넘어서는 문제에요.

그런데 결혼이라는 문제로 들어오면 얘기

가 달라져요. 결혼은 연애와는 차원이 전혀 다른 생활 문제에요. 나이 차이가 나도 생활 문제가 생기고 외국인과 살아도 생활 문제가 생기고 10년 동안 연애를 했어도 생활 문제가 생겨요. 같이 사는 문제로 차원이 바뀌기 때문에 습관, 생활 자세가 굉장히 중요해요. 혼자 살 때는 몇 시에 일어나든, 옷을 벗어서 어디에 두든 별거 아니지만 함께 살면 이런 부분 하나하나가 시빗거리가 되는 거예요. 반면 연애할 때는 이런 부분들이 큰 시빗거리가 되지 않아요. 그래서 연애와 결혼을 혼동하지 않아야 합니다.

그러니 관점을 이렇게 가져야 해요.

연애는 좋아하는 감정을

중요시하면 되지만,
결혼은 같이 살
룸메이트를 찾는 것이다.

하지만 흔히 결혼하면서 습관, 생활 자세를
중요하게 여기지 않아요. 보통 인물을 먼저
보고 그다음으로 능력을 보죠. 첫째, 인물이
내 마음에 들어야 해요. 두 번째, 어느 학교
나왔고 직업이 뭐고 연봉이 얼마고 이런 능력
을 봐요. 성격 같은 건 잘 안 봐요. 또 연애 할
때는 이상한 성격이 있더라도 잠시 억제해 속
일 수가 있잖아요. 그런데 결혼하고 같이 살
면 성격과 생활 태도가 여실히 드러나기 때문
에 문제가 되는 거예요. 그러니 결혼을 결정
하면 꿈꿨던 생활과 현실 사이에 괴리가 생기
는 거예요.

행복한 결혼생활을 하려면
상대방의 성격과 생활 자세를
중요시해야 해요.

연애 감정만 갖고 결혼해서는 안 된다는 거
예요. 좋은 감정으로 연애를 했더라도 결혼할
때는 기준을 바꿔서 상대방의 성격, 생활 자
세 이런 부분들을 자세히 점검해야 돼요. 결
혼은 공동체 생활이라고 생각하면 돼요. 막
기분 좋고 이런 건 한순간이에요. 결혼은 한
집에 그냥 같이 사는 거예요. 이런 점을 유의
하면서 연애와 결혼을 해보세요.

취업 준비를 하면서
자존감이
낮아졌어요

현재 20대 후반인데,
취업을 준비하고 있습니다.
그런데 취업 준비 과정에서 자존감이
많이 낮아졌습니다. 그러다 보니
사람들 만나는 것이 두려워지고, 지금은
친구들이나 형, 동생들, 친척들까지
거의 연락을 하지 않게 됐어요.
어떻게 하면 자존감도 높이고
사람들도 당당하게 만날 수 있을까요?

스님이 지금 예순다섯 살인데, 죽을힘을 다해 뛰어도 100미터를 25초 정도 걸려야 주파합니다. 그런데 지금부터 100일 동안 매일 연습하면 어떨까요? 시간을 조금 단축할 수 있을 겁니다. 그런데 어느 날 텔레비전으로 올림픽을 보다가 100미터를 9.8초에 주파하는 선수를 보고, '나도 한번 해봐야지' 하고 100일을 연습하면 10초대로 주파할 수 있을까요? 1,000일을 연습해도 10초대 주파는 불가능합니다. 그러면 스님은 자존감이 생길까요, 열등의식이 생길까요? 열등의식이 생깁니다.

그런데 만약 내가 텔레비전을 보면서, '10초에 주파하는 사람도 있는데, 나도 24초에 한번 주파를 해봐야지' 하고 100일을 연습하면 어떨까요? 24초에 주파할 가능성이 있습니다.

그 뒤에 다시 100일 계획을 세워 연습하면 어떨까요? 23초에 주파할 가능성이 있습니다. 또 23초를 기록한 뒤에 다시 22초를 목표로 100일 계획을 세워 연습하면 어떨까요? 22초에 주파할 가능성이 있어요. 그러면 스님은 열등의식이 생길까요, 자존감이 생길까요? 자존감이 생깁니다.

자존감이 생기고 안 생기고는 어디서 비롯될까요? 10초에 달릴 수 있는 사람은 자존감이 생기고 23초에 달리는 사람은 자존감이 없을까요? 25초, 15초, 10초는 하등 중요한 게 아닙니다. 마찬가지로 월급이 300만 원이냐, 200만 원이냐, 100만 원이냐는 중요한 게 아닙니다. 자기가 세운 목표를 성취하면 심리적으로 해냈다는 기쁨이 생기고, 기쁨이 생기면 자존감이 축적됩니다. 즉 성공 사례가 축적되면 자존감이 생깁니다.

그런데 목표를 너무 높이 세워서 계속 실패하면 어떨까요? 자존감이 낮아지고 열등의식이 자꾸 생깁니다.

자존감이 낮은 것은
본인의 능력이 없어서가 아니라
실패할 수밖에 없는 목표를 세워놓고
실패를 거듭하기 때문입니다.

'현실에 있는 나'보다 '나는 이런 사람이다' 하고 자기 이상을 높이 정해놓으면 '현실에 있는 나'가 그 이상을 따라가지 못합니다. 그러면 '현실에 있는 나'가 초라하고 보기 싫습니다. 이게 열등의식입니다.

이럴 때 내가 만든 '이상의 나'에 '현실에 있
는 나'를 억지로 맞춰야 하느냐, '이상의 나'를
버려야 하느냐 하는 문제가 생깁니다. 그런데
모든 학교에서는 꿈을 크게 키워라, 상상을
어떻게 하라 교육하면서 '현실에 있는 나'를
초라하게 여기도록 만듭니다. 그래서 괜찮은
사람인데도 열등의식을 가지게 됩니다.

'이상의 나'는
머릿속에 그려진 하나의 환상일 뿐이니,
현실의 자신을 직시하고 인정하여
있는 그대로 받아들이면 됩니다.
여러분은 누구나 다
괜찮은 사람입니다.

100미터를 25초에 달린다고 가정했을 때 24초를 목표로 하면 성공할 확률이 높습니다. 이렇게 성공하고 나서 또 23초를 목표로 도전하여 성공하면 자신의 성공 사례가 만들어집니다. 그리고 자신감이 생깁니다.

고시 합격을 목표로 다섯 번 시험을 봤는데 다섯 번 떨어지면 누구나 열등의식이 생깁니다. 이런 것을 볼 때, 월급이나 전망 같은 것을 너무 따지지 말고 대학 졸업하고 바로 갈 수 있거나 조금만 노력하면 갈 수 있는 곳에 취직을 일단 하는 것이 좋습니다. 전망 좋고 월급 많은 곳은 경쟁률이 높으니 재수, 삼수하느라 시간을 낭비하기 쉽고, 그러다 보면 자꾸 열등의식이 생겨요. 그리고 운이 좋아 자기 능력보다 좋은 직장에 들어갔다 하더라

도 막상 회사가 요구하는 일을 하기에는 능력
이 부족하니까 늘 기죽고 긴장하게 됩니다.
윗사람에게 잘 보이고 싶어 전전긍긍하고 잘
릴까 봐 조마조마하다가, 잘려서 나오면 다시
직장 구하기도 어렵습니다. 전보다 월급을 낮
춰서 가거나 조건이 나쁜 데는 내키지 않기
때문입니다.

그런데 월급은 조금 주면서
힘든 일자리는 많습니다.
하루 만에도 취직이 됩니다.
그런 직장을 다니면
사장한테 기가 안 죽습니다.

오히려 직원이 나갈까 봐 사장이 조마조마
겁을 냅니다. 그러면 편안하게 직장에 다닐

수 있고, 그러다가 주위에 조금 더 나은 직장이 있으면 옮기면 됩니다. 옮긴다고 하면 사장이 어떤 제안을 할까요? 월급을 올려 준다거나 승진을 시켜주겠다고 할 수도 있겠지요. 이런 관점으로 직장을 구하면 노동자로 살아도 평생 갑으로 살 수 있습니다. 사장이 을이 돼요.

그리고 여러 가지 경험을 해보면서
자기 적성을 파악하는 게 필요합니다.
우리가 세상에 나가기 위해서는
여러 경험을 해봐야지,
하나만 계속할 필요는 없습니다.

이것저것 해봐야 진짜 내 적성에 맞고 내가 잘할 수 있는 것을 알 수 있습니다. 그런데 시험 쳐서 처음부터 좋은 데 덜렁 합격하면 다양한 경험을 하기 어렵습니다. 이 직장이 적성에 안 맞다 싶어도 아까워서 못 바꾸고, 평생 얽매여 살게 됩니다. 직장 다니는 게 재미없어져요. 그러니까 연습 삼아 육체노동도 해보고 판촉도 해보고 이것저것 하다 보면 세상 사람은 별 볼 일 없다며 마다하는 일이 자기한테는 재밌고 괜찮을 수 있습니다. 다섯 개 정도는 해봐야 자기 나름대로 해 볼 만한 일을 찾기 쉽습니다.

월급이 적은 문제는 본인이 개선할 수 있습니다. 일이 적성에 맞으면 조금 해보다가 나중에 창업해도 되니까요.

처음부터 창업하는 것보다는

남이 하는 데 가서 좀 해보다가
창업을 하는 게 더 낫습니다.
자기가 그 일을 배우고 익혀 창업해야
성공 확률이 높아요.

대기업에 들어가면 일개 부속품밖에 안 되
는데 조그만 회사에 들어가면 회계도 하고
영업도 하고 생산도 해야 하니, 힘은 좀 들지
만 다방면으로 경험할 기회가 생깁니다.

젊을 때는 대학 졸업하고
작은 회사에 들어가서
이것저것 해보는 연습이 필요합니다.
그래야 자기 적성도 파악할 수 있어요.

10명이 졸업한다고 가정했을 때, 어차피 대

기업이나 공무원 자리는 한두 자리밖에 없
는데, 거기에만 매달리다 보면 나머지 8명은
늘 열등의식을 갖고 살게 됩니다. 그런데 그
자리가 지금은 월급이 많고 대우를 받아서
좋을지 몰라도 평생 을의 처지로 얽매이게 됩
니다.

그러니 생각을 바꿔서 인생의 성공 사례를
만들어야 합니다. 공연히 시험을 치고 공부한
다고 허송세월 보내지 말고 다양한 경험을 하
면서 적성에 맞는 일을 먼저 찾고, 자기 아이
디어를 가지고 새롭게 개척해야 합니다. 우선
쉬운 데에 취직해서 6개월 정도 근무해 보고,
새로 시험 봐서 직장을 옮겨서 근무해 보고,
이렇게 하다 보면 취업하고 직장을 옮길 때마
다 합격하잖아요. 그러면 자존감이 생깁니다.

이렇게 작은 성공 사례를 자꾸 만들어야 합니다. 한 여자 만나서 죽을 때까지 연애하겠다 하면 실패 확률이 높지만, 한 다섯 명 정도 사귀어 봐야겠다고 마음먹고, 상대가 헤어지자고 하면 '연습 잘했다' 하면 되고, 또 헤어지자고 하면 또 '연습 잘했다' 하면 헤어지는 일이 상처가 되지 않습니다.

능력이 부족해서가 아니라
욕심이 많아서
자존감이 낮아지는 거예요.

자기가 원하는 수준이 너무 높아서 '현실에 있는 나'를 자꾸 초라하게 보는 거예요. 그런데 자신에 대해 너무 높은 기준을 설정해 놓고 사람도 안 만나고 집에만 틀어박혀 있으면 정신질환이 생기기 쉽습니다. 질문자는 시험공부에 매달리지 말고 빨리 집에서 나와 육체노동이든 뭐든 하면서 사람들과 어울리며 생활해 보세요.

173

60만 군인
화이팅!

안녕하세요?
배우 한지민입니다.

훈련의 고단함보다 정신적인 방황과 불안
한 미래에서 오는 고민으로 잠 못 이룰 때, 털
어놓고 이야기하기에는 어렵고, 그렇다고 나
혼자 감당하자니 그 무게가 너무 무거워 생활
하는 것이 힘들게만 느껴질 때가 있잖아요.

이 작은 책에는 이런 힘든 시간을 현명하고 행복하게 보낼 수 있도록 여러분을 응원하는 법륜 스님의 메시지가 담겨 있어요. 위로나 격려를 넘어서서 자기 자신이 답을 찾을 수 있도록 해주어서 자신감도 얻을 수 있을 것 같아요. 〈힘내라 청춘〉이 여러분들께 도움이 될 수 있으면 좋겠습니다.

대한민국 60만 군인을 응원하며

연기자 한지민